Susanne Ospelkaus

Meine Reise durch das Trauerland

BRUNNEN
Verlag GmbH · Giessen

Susanne Ospelkaus, Jahrgang 1976, geboren in Frankfurt (Oder), lebt mit ihrem zweiten Mann Alexander und den zwei Söhnen nahe München. Sie ist Autorin, Dozentin für pflegerische und pädagogische Berufe und Therapeutin in der Pädiatrie.

Sie liebt die Begegnungen mit Menschen und spürt auf, was das Leben wertvoll macht, trotz Einschränkung, Verlust oder Enttäuschung. Ihre Beobachtungen finden sich in Erzählungen für Kinder und Jugendliche sowie in journalistischen Texten wieder.

„Meine Reise durch das Trauerland" ist ihre persönliche Geschichte über Abschiednehmen, Loslassen und Neuanfänge.

Anfragen für Lesungen und Veranstaltungen:
www.susanne-ospelkaus.com

MIX
Papier aus verantwortungsvollen Quellen
FSC® C014496
FSC www.fsc.org

www.brunnen-verlag.de
Lektorat: Petra Hahn-Lütjen
Umschlagfoto: Susanne Wagner, wagner1972.com
Umschlaggestaltung: Daniela Sprenger
Satz: DTP Brunnen
Druck: GGP Media GmbH, Pößneck
ISBN Buch 978-3-7655-0761-8
ISBN E-book 978-3-7655-7585-3

Widmung

Für alle, die durch ein Trauerland gehen.
Bleib nicht stehen!

In liebevoller Erinnerung an Thomas Luck

Inhalt

Über „Meine Reise durch das Trauerland“ 7

1. Lebensbund 11
Auf der Suche nach Klarheit 15
Noch mal 19
Was für ein Zirkus 21
Besorgt und versorgt 25

2. Folge der Trauer 29
Ich sehe dich 30

3. Lebensmut 33
Fühlen. 33
Glauben 36
Wissen 38
Glückspillen 44
Zuhause 47

4. Vertraue der Trauer 52
Ich begleite dich 53

5. Lebenswund 58
Die Rettungskapsel. 58
Turbulenzen 63
Aus der Bahn geworfen 66
Déjà-vu 69
Mutanfall 74

6. Die Trauer ist behutsam ... 82
Ich begleite dich ... 82

7. Lebenswert ... 86
Freudenbringer ... 91
Glücksucher ... 94
Ausnahmezustand ... 99
Äußerster Ausnahmezustand ... 106
Abschied bei Tageslicht ... 108

8. Die Trauer ist fürsorglich ... 112
Ich sammle deine Tränen ... 113

9. Lebensdrang ... 117
Schwierige Gleichungen ... 121
Lichtjahre ... 126
Guck mal! ... 134

10. Die Trauer bewahrt die Erinnerungen ... 138
Wir gehen gemeinsam durch die Zeit ... 139

11. Lebensmut ... 144
Mosaik ... 146
Wüstenwanderung ... 148
Wüstenwind ... 152

Epilog ... 154

Danksagung ... 157

Über „Meine Reise durch das Trauerland“

Susanne Ospelkaus hat in ihrem Leben nicht nur große Verluste zu verwinden. Sie ist in ihrer ganz eigenen Art, davon zu berichten, eine wortgewaltige Poetin. Ihre Erzählung malt eindrückliche, zu Herzen gehende und entwaffnend ehrliche Alltagsbilder, die sich in der Seele einnisten und den Leser ganz nah ans Geschehen heranrücken lassen, ohne dass dabei das Gefühl aufkommt, zum Voyeur zu werden. Die Lektüre von „Meine Reise durch das Trauerland“ hat mich sehr angerührt.

Arne Kopfermann, Musiker und Autor

Was habe ich beim Lesen dieses Buches mitgefühlt, auch manche Träne vergossen (– denn in großen Teilen ist es meine eigene Geschichte von Verlust und Trauer). Was habe ich geschmunzelt, sogar laut gelacht, denn die sowohl poetische als auch bodenständige Schreibe dieser Schriftstellerin vermag es, dass sich Tragik und Komik, der Alltag und das Ungeheuerliche umspielen und gegenseitig zur Geltung bringen.

So malt Susanne Ospelkaus lebendige Bilder in unseren Köpfen, die erschüttern, mitreißen, trösten und beflügeln.

Thea Eichholz, Texterin und Musikerin

Als ich das Buch gelesen habe, hatte ich Tränen in den Augen – Tränen der Trauer und Tränen des Trostes. Susannes Leben und ihr Schicksalsschlag berühren zutiefst. Ein starkes Buch, das Mut macht und wunderbar zu lesen ist.

Stefan Schwabeneder, Radiomoderator und Autor

„Meine Reise durch das Trauerland" ist fesselnd geschrieben! Ich fühle mich beim Lesen der Autorin sehr nah und verbunden, habe Tränen in den Augen und spüre gleichzeitig Hoffnung und Zuversicht. Wunderbar, dass es zwischendurch so witzig geschrieben ist – das lässt bei aller Dramatik aufatmen. Stark, wie hier Glaube lebendig wird und nichts abstrakt Religiöses ist, sondern mitten im Alltag passiert!

Persönlich faszinieren mich besonders die Texte, in denen die Trauer „spricht" – so was habe ich noch selten gelesen.

So kreativ und gleichzeitig tief!

Frauke Teichen, ICF München

Das autobiografische Buch von Susanne Ospelkaus ist mehr als ein Rückblick auf durchlebte existenzielle Krisen einer jungen Familie. Mitreißend und zugleich hoch einfühlsam nimmt die Autorin ihre Leserinnen mit auf eine spannende Reise in die Vergangenheit, die einen Dialog zum Umgang mit eigenen Lebensfragen und Lebenskrisen eröffnet.

Ausgesprochen mutig und zutiefst ehrlich schreckt die Autorin auch vor sensiblen Themen nicht zurück und gibt auf diese Weise Gedanken und Gefühlen eine Sprache, die oft nur heimlich gedacht, aber nie ausgesprochen werden.

Die beschriebenen Erfahrungen eröffnen neue Perspektiven auf die Rolle der Trauer im Leben und den Umgang mit Leid.

Ein Buch, das man nicht mehr aus der Hand legt, wenn man einmal begonnen hat zu lesen.

Kathrin Douglass, Pfarrerin

1. Lebensbund

Der Tag ist wunderschön: Sommersonne und Schmetterlinge, Kinderlachen und Seifenblasen, Butterbrot und Gummibärchen. Wir radeln über Feldwege. Das Getreide wiegt im Wind. Am Horizont kratzen die Alpen am Himmel. Wir leben östlich von München und können zwischen Natur und Stadt wählen. Die Berge locken, und ich trete in die Pedale, als würde es schon bergauf gehen. Dabei ist es flach. Ich kämpfe mich Meter für Meter vorwärts, während mein Mann Thomas durch das Getreidemeer gleitet, samt Kinderanhänger, Spielzeug, Wechselwäsche und Picknickkorb. Ich steige ab, schiebe und fühle mich wie eine 80-Jährige, nicht wie 30. Das Fahrrad wird zu meinem Rollator. Über den Lenker gebeugt, schiebe ich mich vorwärts. Es fühlt sich an, als kämpfe ich mich durch eine Wüste. Meine Füße versinken im Sand und jeder Schritt wird mühsam. Heiße Luft brennt in meinen Lungen. Sandkörner kratzen in meinem Hals. Vor meinen Augen flimmert die Landschaft, als würde sie sich auflösen und zu einem neuen Bild zusammensetzen. Das Getreidemeer ist zu einer grenzenlosen Wüste geworden, und mein Blick verliert sich am Horizont. Von Ferne höre ich ein Kinderlied und sehe meine Familie als schwebende Gestalten. Eine Fata Morgana in Oberbayern. Thomas hat das Verdeck des Fahrradanhängers geöffnet und beugt sich zu unseren Söhnen hinab. Wahrscheinlich beantwortet er Warum-Fragen. Warum sind Wolken weiß? Warum haben Kühe Flecken? Warum schnurren Katzen? Ferdinand will mit seinen drei

Jahren die Welt verstehen und hat viele Fragen. Sein kleiner Bruder Eduard plappert ihm alles nach: „Ninad, warum? Papa, warum?"

Ich quäle mich vorwärts, konzentriert auf meinen Atem und Herzschlag. Von fern höre ich Ferdinand singen: „Summ, summ, summ, Bienchen, summ herum."

Thomas' Stimme begleitet die hohen Kindertöne mühelos. Vieles ist für ihn mühelos. Das Einzige, was ihn zu quälen scheint, ist die Suche nach dem perfekten Klang seiner Kompositionen, den besonderen Harmonien oder ungewöhnlichen Rhythmen.

Er ist Musiker, singt und spielt Gitarre, komponiert und schreibt Lieder. Seine Welt ist mir oft fremd, genauso wie ihm mein Wüstenland fremdartig erscheinen muss. Er versucht mir seine Welt nahezubringen und erzählt und erklärt. Ich hingegen schweige über meine unfreiwillige Wüstenwanderung, über Müdigkeit und Erschöpfung. Ich bin mir selbst fremd geworden.

Meine Hände sind schwitzig und die Gummigriffe am Lenkrad werden klebrig. Der Schweiß läuft mir den Rücken herunter. Es dauert lange, bis ich meine singenden Männer erreiche. Das kleine Lied ist zu Ende. Die Jungs mümmeln an Reiswaffeln. Die mit Spucke vollgesogenen Krümel kleben an Eduards Wangen. Ferdinand pflückt sie mit zwei Fingern von seinem Bruder ab und steckt sie sich selbst in den Mund. Thomas lacht. Gemeinsam haben wir immer viel gelacht, bis uns der Bauch wehtat. Diesmal steckt mich sein Lachen nicht an.

Plötzlich höre ich mich sagen: „Ich fühle keine Liebe mehr für dich."

Wo kommen auf einmal diese Worte her? Aus der glühenden Wüste? Ich blicke hoch in das Gesicht meines Mannes und sehe, wie Entsetzen seine Lachfältchen vertreibt und die Fröhlichkeit in seinen Augen stockt. Seine Leichtigkeit ist verschwunden, verglüht in der Hitze meiner geheimen Welt.

Er schweigt und ich warte. Thomas ist ein Mann der wohlüberlegten Worte. Er redet nicht einfach drauflos und er lässt sich nicht provozieren. Wir laufen nebeneinander her und schieben unsere Räder, hinter uns plappern die Kinder vor Zufriedenheit.

Die schöne Kulisse passt nicht zu der Schwere in unserem Inneren. Trotz des Kummers fühle ich mich Thomas seit Langem wieder nah. Auf eine fremde und seltsame Weise verbindet uns die Trauer über die verlorene Leichtigkeit.

Das Getreidemeer weicht und eine Pferdekoppel liegt vor uns, wie Spielfiguren stehen die Pferde auf den eingezäunten Rechtecken.

Ferdinand jubelt: „Da, guck! Da sind Kühe."

„Nein", verbessert Thomas, „das sind Pferde."

Seine Stimme klingt wie immer – freundlich und warm.

„Die weißen Pferde nennt man Schimmel und die schwarzen Rappen."

Ich kann jetzt nichts tun, um die Verletzungen meiner Worte zurückzunehmen. Wenn die Kinder im Bett sind, müssen Thomas und ich reden.

Ferdinands Stimme trällert aus dem Anhänger: „Hopp, hopp, hopp, Pferdchen, lauf Galopp."

Es ist die gleiche Melodie wie bei *Bienchen, summ herum*. Wieso fällt mir das jetzt auf?

Wir sitzen auf unserem weißen Sofa. Wie unvernünftig, sich ein weißes Sofa zu kaufen, wenn man kleine Kinder hat! Ich mag dieses helle Ding, in das man sich wie ein großes Federbett kuscheln kann. Es gibt Geborgenheit und die brauchen wir beide dringend. Erschöpft sinken wir in die Polster und ich staune, wie ruhig der Abend verlaufen ist.

Die frische Luft hat die Kinder müde gemacht. Ich badete sie und Thomas wärmte Brei auf. Sie aßen nur langsam und konnten ihre Augen kaum offen halten. Jeder trug ein Kind ins Zimmer, ganz weich und warm lag der kleine Körper an meiner Brust. Wie wunderbar er duftete. Wir sprachen ein Gebet und sangen ein Schlaflied. Ich schaffte nur ein paar Zeilen, dann versagte mir die Stimme.

Thomas sang weiter, und ich hustete und räusperte dazu im Rhythmus. Am liebsten hätte ich mich in die kleinen Bettchen gelegt und gewartet, dass jemand ein Lied für mich singt, mich zudeckt und mir einen Kuss auf die Stirn gibt.

Wir sitzen in dem weißen Sofa und fassen uns an den Händen. Es kostet mich Überwindung, Thomas zu berühren, denn ich weiß, wie sehr ich ihn verletzt habe. Ich bin dankbar für die Gewohnheit, uns beim Beten die Hände zu reichen. Thomas umschließt meine Finger, als ich ihn berühre. Ich fühle seine Wärme und den Ring an seinem Finger.

Er flüstert: „Wir haben es uns versprochen."

„Ja."

Er meint unser Ehegelöbnis. Der Druck seiner Hand wird stärker und ich sehe ihn an. In seinen Augen blitzt Entschlossenheit. „Wenn du sagst, dass du keine Liebe für mich fühlst, dann sind es wohl schlechte Zeiten für mich."

Ich schüttle den Kopf. „Aber ich weiß, dass ich dich liebe. Irgendetwas stimmt nicht mit mir. Ich fühle mich schlapp, habe abgenommen und kann mich nicht einmal daran freuen. Ich huste und schwitze nachts mein Nachthemd nass."

Thomas nimmt mich in den Arm und dann packen wir Kummer und Enttäuschungen in ein Gebet. Was wir einander nur schwer sagen können, sagen wir Gott. Wir sitzen noch lange auf dem Sofa. Hand in Hand.

Auf der Suche nach Klarheit

Ich habe keine Lust, zu einem Arzt zu gehen, aber ich habe es Thomas versprochen. Die Kinder muss ich mitnehmen, denn wir haben keine Eltern in der Nähe, die uns die Jungs abnehmen könnten. Um aus einem unangenehmen Weg ein Ereignis zu machen, nehme ich den Bollerwagen. Ich polstere ihn mit Decken und Kissen aus, setze einen Plüschelefanten und einen Plastiktraktor hinein. Es sind nur anderthalb Kilometer zur Praxis und trotzdem verlässt mich meine Kraft auf halbem Weg. Ich habe mir zu viel vorgenommen. Die Wartezeit beim Arzt vertreiben wir uns mit krümelfreien Keksen und dem dreimaligen Vorlesen des Bilderbuches *Die Raupe Nimmersatt.*

Ich bin stolz, dass sich meine Söhne alleine beschäftigen, während sich der Arzt mit mir unterhält. Er macht sich Notizen und wiederholt: „Sie sind also erschöpft und haben keinen Appetit. Die Stimme versagt Ihnen und seit sechs Monaten fühlen Sie sich schlapp."

Ich nicke. Er knipst auf dem Kugelschreiber herum und holt einen Rezeptzettel hervor. „Sie sind eine junge Mutter. Gönnen Sie sich Ruhe. Und gegen den Hustenreiz nehmen Sie Lutschpastillen."

„Aber ... könnte es nicht sein, dass ich ..."

„Ach was, jetzt übertreiben Sie nicht. Sie sind einfach nur überfordert."

Er gibt mir die Hand und reflexartig greife ich zu. Das ist ein Fehler, denn sein Griff wird fest, hebelt mich aus dem Stuhl und navigiert mich zur Tür. Meine Kinder krabbeln und tapsen dem großen Onkel mit dem weißen Kittel hinterher. Auf dem Flur nehme ich Eduard auf den Arm. Ferdinand geht vor mir her und versucht, die Haustür zu öffnen.

„Ich kann das alleine", sagt er und stemmt seinen kleinen Körper dagegen.

„Ja, das machst du toll."

Wir zuckeln zurück. Die Kinder laufen neben mir her und bleiben an jedem Gartenzaun stehen. Es ist mir recht, denn so kann ich verschnaufen. Durch einen Vorgarten marschiert eine Gartenzwergparade, einer hässlicher als der andere. Die Jungs lieben sie, drücken ihren Kopf gegen den Zaun, schieben ihre Finger durch den Maschendraht und deuten auf die Zwerge.

In mir brodelt es. Ich bin nicht überfordert. Oder doch? Will ich es nur nicht zugeben? Sind meine Gefühle falsch? Lutschpastillen sollen gegen Gefühle der Liebesunfähigkeit helfen? Ich könnte heulen, tue es aber nicht, weil die Kinder auf den Arm genommen werden wollen, um einen Zwerg zu sehen, der gegen eine Blume pinkelt. Das finden sie lustig. Ferdinands Gekicher lenkt mich von den Lutschpastillen ab.

Meine Ärzte-Rallye geht weiter, und zunehmend schleicht sich Unruhe in meine Gedanken. Wir trauen uns nicht, die Sorgen auszusprechen, denn man möchte kein Unheil heraufbeschwören. Als wäre es ein Zeichen mangelnden Gottvertrauens, wenn man Ängste in Worte packt. Ist es nicht so, dass sich der Mensch von Natur aus mehr sorgt als nötig? Viele Befürchtungen treffen nie ein, und man würde nur kostbare Zeit durch schwere Gedanken vergeuden.

Nach drei weiteren Ärzten, die mich ebenfalls als überforderte Mutter bezeichnen, kümmert sich endlich eine Ärztin um mich. Inzwischen bin ich nicht nur besorgt, sondern auch verärgert. Männer meinen, den Belastungsgrad von Müttern erkennen zu können, und sprechen einer Frau ihre Intuition im Umgang mit dem eigenen Körper ab. Ist es normal, dass eine Mutter nicht mehr im Liegen schlafen kann?

Jeden Abend errichte ich ein Kissenlager und bette mich wie eine orientalische Prinzessin. Ich versuche, aufrecht zu schlafen, denn sobald sich mein Oberkörper senkt, überfallen mich Hustenattacken. Weckt mich nicht der Husten, so ist es die Kälte. Meine durchgeschwitzte Nachtwäsche lässt mich frieren. Wüstennächte sind kalt, bitterkalt.

Die Ärztin schickt mich in die Radiologie, mein Thorax wird durchleuchtet. Stumm reicht mir die Radiologin die Aufnahmen. Sie sind gut verschlossen in einem Papierumschlag.

„Alles in Ordnung?“, frage ich.

Sie rollt die Lippen nach innen und kaut langsam darauf herum. Schließlich sagt sie: „Sie sollten sofort zu Ihrer Hausärztin gehen. Sie wird Ihnen alles erklären. Machen Sie sich keine Sorgen.“

Sie öffnet die Tür. Und ich trage den braunen Umschlag vorsichtig wie eine Briefbombe in meinen Händen.

Machen Sie sich keine Sorgen! Der Satz gibt meinem Gedankenkarussell erst recht Schwung, und ich rotierte mit immer größerem Tempo um die Sorge, dass ich krank sei. Soll ich Thomas anrufen? Er ist unterwegs und braucht Stunden, ehe er zu Hause ist. Ich lasse es bleiben. Es reicht, wenn meine Sorgen Achterbahn fahren.

Ich setze mich ins Auto, löse vorsichtig den Klebestreifen und ziehe meine Röntgenaufnahmen aus dem Umschlag. Ich halte sie an den Rändern und versuche, keine Fingerabdrücke zu hinterlassen. Das Schlüsselbein und die Rippen kann ich gut erkennen. Auf der linken Seite sind Schatten. Das müsste das Herz sein. Ich starre noch eine Weile auf das blau-graue Bild und kann es nicht deuten. Durch meinen therapeutischen Beruf habe ich großes Vertrauen in die Medizin. Wenn etwas in meinem Brustkorb ist, das da nicht hingehört, soll man es herausschneiden. Fertig!

Ich lege die Briefbombe auf den Beifahrersitz und fahre zu meiner Hausärztin. Aus dem Augenwinkel sehe ich, wie er in jeder Kurve hin und her rutscht. Wie explosiv ist der Brief? Wird er mich in den Tod reißen? Ich hoffe, dass er nur eine Attrappe ist, denn die Radiologin hatte gesagt, dass ich mir keine Sorgen machen soll. Ich schleppe mich in die Hausarztpraxis, und die Sprechstundenhilfe lotst mich an den Wartenden vorbei direkt zur Ärztin. Sie reißt den Umschlag auf, hält das Röntgenbild gegen das Licht und seufzt. Dann geht alles ganz schnell: Klinikeinweisung. MRT. Arztgespräche. PET. Aus der angeblich überlasteten Mutter ist von einem Tag auf den anderen eine Patientin mit einer Wucherung im Brustkorb geworden.

Noch mal

Das Warten auf weitere Untersuchungen zermürbt. Eine Biopsie soll Klarheit bringen, und bis dahin mühen wir uns, die Alltagsroutine aufrechtzuerhalten. Aufstehen. Frühstücken. Spielen. Kochen. Mittagsschlaf. Spielen. Wäschewachen. Kuscheln. Putzen. Toben.

Die Sommersonne lockt uns ins Freie, und wir schleppen Decken, Getränke und Spiele nach draußen. Thomas tobt mit den Kindern. Er wirft Eduard in die Luft und ruft: „Engelchen, flieg!"

Der Einjährige juchzt: „Noch mal!"

Thomas packt ihn erneut, geht in die Knie und wirft ihn nach oben. Die blonden Haare wehen und die Arme und Beinchen baumeln. Kaum hält der Vater seinen Sohn im Arm, ruft der: „Noch mal! Noch mal!"

Es ist ein Spiel voller Vertrauen und eine Lektion über Loslassen und Gehaltenwerden.

Ich sitze auf einer Decke im Gras. Eduard tapst mir entgegen, rudert mit den Armen, schwankt und landet auf dem Po. Er krabbelt vorwärts, drückt dann seine Beinchen durch und versucht sich aufzurichten. Immer wieder und wieder stellt er sich der Kraft von 9,81 Meter pro Quadratsekunde entgegen. Es sieht spielerisch und kinderleicht aus.

Mich hingegen nagelt die Schwerkraft auf der Picknickdecke

fest. Wenn ich erst einmal sitze oder liege, wird aufstehen mühsam. Jeden Morgen kämpfe ich gegen die 9,81 Meter pro Quadratsekunde, um aus dem Bett zu kommen. Meine Beine fühlen sich an, als steckten sie im Wüstensand. Jeder Schritt kostet mich Anstrengung. Auf dem Mond beträgt die Schwerkraft nur 1,62 Meter pro Quadratsekunde. Wie würde mein Alltag mit 84 % weniger Schwerkraft aussehen? Ich schwebe ins Haus und hole Apfelsaft. Ich schwebe zur Waschmaschine, und die feuchte Wäsche gleitet wie von selbst auf die Leine. Ich schwebe mit dem Kleinkind ins Bad, und im Nu hat es eine strahlend weiße Windel an. Aber ich lebe nicht auf dem Mond, sondern auf der Erde. Eduard streckt seine Arme aus und ich rufe: „Komm, Engelchen, komm!" Er lässt sich fallen und landet auf meinem Schoß.

„Klingling?", fragt er und ich nicke.

Meine zehn Finger verwandeln sich in Figuren, spazieren über Eduards Oberkörper, berühren seine Ohren und tippen rhythmisch an seine Stirn. *„Geht ein Mann die Treppe hoch, klingling, klopfklopf"*, singe ich. Er kichert und zieht seine Schultern hoch, weil er das Zupfen an seinem Ohrläppchen erwartet. Meine Finger marschieren über den kleinen Körper.

„Noch mal!"

Und wieder tippeln meine Finger über Arm, Schulter und Kopf. Sie legen Zentimeter um Zentimeter zurück. Es ist ein Langstreckenlauf aus Reimen und Berührungen.

Egal, was wir tun, er ruft: „Noch mal!"

Ich nehme ein Pappbuch und gemeinsam schlagen wir die dicken Seiten auf. Sofort steckt Eduard seinen Finger durch die Löcher, die die *Raupe Nimmersatt* in den aufgezeichneten

Früchten hinterlassen hat. Haben wir die letzte Seite zugeschlagen, öffnet er sie wieder und ruft: „Noch mal?"

Der Kleine tönt ständig: „Noch mal!" Der Große hingegen beharrt: „Das kann ich alleine."

Alleine zieht er sich aus und gemeinsam entwirren wir das Geknuddel von auf links gedrehten Hosenbeinen. Alleine zieht er die Sandalen an, hat aber die Schuhe an den Füßen vertauscht.

„Du musst deine Schuhe noch einmal ausziehen. Schau, das ist der rechte für den rechten Fuß."

„Alleine", plärrt er und ich lotse seine Füßchen ins passende Schuhwerk. Alleine kraxelt er die Rutsche hoch oder hangelt sich am Klettergerüst entlang. Ich zügle meinen Impuls, ihm zu helfen, während Thomas ruft: „Toll, das kannst du schon ganz alleine. Schaffst du es noch weiter?"

Und er klettert noch höher, während ich mich zwischen Kletterstreben quetsche, meine Arme ausbreite und bereit bin, ein herunterplumpsendes Kind aufzufangen.

Auch das ist ein Spiel voller Vertrauen und eine Lektion über Loslassen und Gehaltenwerden.

Was für ein Zirkus

Als ich mich im Krankenhaus zur Biopsie melde, schickt man mich auf Station 15. Mit dem Rucksack erklimme ich die Stufen und starre mit Entsetzen auf die aufgeklebten Buchstaben der Milchglasscheibe. Ich habe mit der Inneren Medizin gerechnet, aber die Buchstaben weisen mich in die Onkologie.

Die Ärzte rechnen mit Krebs, also doch! Von wegen, ich solle mir keine Sorgen machen. Sie verpacken meine Diagnose in der blumigen Bezeichnung *Gewächs*. Ich bin so naiv. Vielleicht sollte ich es wie die anderen Patienten tun, das Schlimmste erwarten, um nicht enttäuscht zu werden. Doch wenn man an Jesus Christus glaubt, dann ist es umgekehrt. Man hofft das Beste trotz schlechter Nachrichten. Man vertraut inmitten der Schwierigkeiten. Wenn mich mein Glaube nicht in der Krise trägt, wann dann?

Ich atme tief durch und öffne die Tür. Die Buchstaben an der Milchglasscheibe kehren sich in ihr Spiegelbild. Eigolokno, lese ich und muss schmunzeln. Ferdinand hat momentan einen riesigen Spaß daran, sich Wörter rückwärts aufsagen zu lassen.

„Was heißt Ferdi?", fragte er.

Und wir antworteten: „Idref."

„Und Oma?"

„Amo."

„Und Mama?"

„Amam."

Er kringelte sich vor Lachen, und nun muss ich auch grinsen. Ei-go-lok-no. Ich gebe der Tür einen Schubs und gehe über den Gang. Ich will beides: Vertrauen und Wissen. Ich will wissen, wie das Gewächs in meinem Inneren heißt, und komme mir dabei wie die Königin aus Rumpelstilzchen vor. Sie musste den Namen des Gnoms nennen, um ihn zu entmachten und ihr Baby zu behalten. Ich muss den Namen der Krankheit kennen, um sie zu entmachten und das Leben behalten zu können. Gott, hilf mir!

Ich ziehe in ein Dreibettzimmer. Zwei ältere Damen stampfen wie alte Elefantenkühe in bunten Bademänteln die Trostlosigkeit in den Boden. Sie posaunen ihre Heilungschancen hinaus und geben sich dickhäutig. Schwerfällig umrunden sie mein Bett und sehen mich mit trüben Augen an. Ich weine im Schutz der kleinen Herde.

Man schiebt mich für die Biopsie auf einer Bahre durch die Klinik. Entweder starre ich nach oben in das kalte Licht der Neonröhren oder zur Seite. Auf Augenhöhe ziehen Bäuche und Hinterteile an mir vorbei. Da starre ich besser an die Decke. Nur mit einem Hemdchen bekleidet liege ich auf der Bahre und ziehe die Decke eng um mich. Blaue Punkte sind auf den steifen Stoff gedruckt und erinnern mich an Omas Bunzlauer Keramikgeschirr und ihre Kaffeetafel mit Streuselkuchen und Kakao. In die blau-weiß gepunkteten Tassen schaufelten wir Zucker, um den bitteren Geschmack des selbst gemachten Kakaos zu vertreiben.

„Nicht so viel", mahnte Oma und ließ uns gewähren. In meinen Erinnerungen riecht und schmeckt es nach Geborgenheit und Sorglosigkeit.

„Hereinspaziert", ruft der Arzt und zerreißt mein schönes Kindheitsbild. Er breitet die Arme aus und dreht sich leicht, als sei er ein Zirkusdirektor, der mich in der Manege begrüßt. Liegend schwebe ich hinein, und die Assistenten ziehen die Decke mit Schwung von meinem Körper. Ich friere und meine Nacktheit macht mich verlegen. Erwartungsvoll steht der Zirkusdirektor vor mir mit seinem Taktstock. Nein, es ist ein längliches, dünnes medizinisches Gerät, aber sobald er es hebt, gibt er das Tempo für die Biopsie an.

„Bitte nicht bewegen", trällert er, „wir wollen doch nicht das Herz durchbohren, oder?" Er lächelt, ich zittere und atme flach, voller Angst, dass ich husten muss und er mit seiner langen Nadel abrutscht. Er muss keine guten Witze machen, tröste ich mich, Hauptsache, er führt mit ruhiger Hand seinen Taktstock durch meine Rippen und knipst meinem Gewächs eine Knospe ab. Er hantiert schnell und ich spüre nichts. Gott sei Dank für Narkotika! Ich gehe mit meinen Gedanken spazieren, hinaus aus der Manege, lasse wilde Tiere, Assistenten und den Zirkusdirektor hinter mir. Ich suche Schutz bei meinem Gott. In der Bibel erzählt ein Text, dass er wie eine feste Burg ist. Ich sehe eine mittelalterliche Festung vor mir, mit dunklen und feuchten Wänden. Mich fröstelt bei dieser Vorstellung und meiner Nacktheit. Ich brauche einen warmen Ort und erinnere mich an die Zeilen, die Gottes Wesen mit einer beschützenden Henne beschreiben. Was für ein merkwürdiges Bild, einen mächtigen Gott als Glucke und seine Menschen als Küken zu bezeichnen. Bei diesem mütterlichen, fürsorglichen Gott möchte ich mich bergen. Ich husche unter seine flauschig-warmen Flügel. Ich schlafe ein und will erst wieder aufwachen, wenn der ganze Zirkus vorbei ist.

Roger, ein Freund von uns, ist Arzt in diesem Krankenhaus. Er tauscht sich mit dem Zirkusdirektor über mich aus und lässt mich hinter die Kulissen schauen. Wenn ich gut auf mich achte, dann darf ich auf eigene Verantwortung die Klinik verlassen.

Denn nur um auf die Ergebnisse zu warten, muss ich kein Patientenbett wärmen. Mit Rogers Fürsprache entkomme ich durch die Hintertür der Manege. Ich darf nach Hause zu meinen Kindern, ich darf mich zu Thomas ins Bett kuscheln, ich darf mich sicher fühlen.

Es gibt keine Entwarnung und doch werden wir ruhiger. Roger ist wie ein Finger an Gottes Hand, der mir den Puls fühlt, mich mahnt und mir die Richtung weist. Ich bin gewiss, mit der Diagnose werden die Sorgen ihre Kraft in unserem Alltag verlieren. Während ich mich um Sorglosigkeit bemühe, kategorisieren Experten im Labor mein Gewächs. Sie ordnen es einer Gattung zu und errechnen das Wachstum. Treibt es nur Knospen oder hat es Ableger, die an einer anderen Stelle meines Körpers Triebe bilden?

Besorgt und versorgt

Nur zwei Tage später erfahren wir die Antwort. Thomas und ich balancieren auf der Stuhlkante, während der Oberarzt in seinem großen Drehsessel vor und zurück wippt.

„Es ist bösartig, aber machen Sie sich keine Sorgen. Die Prognose ist nicht ungünstig“, tröstet er uns. Es ist eine unmögliche Aufforderung. Machen Sie sich keine Sorgen, machen Sie sich keine Sorgen, machen Sie sich keine Sorgen, hallt es in meinen Gedanken. Ich kann dem Gespräch nicht mehr folgen und bin froh, dass Thomas sachlich und konzentriert bleibt.

„Haben Sie noch Fragen?“

Ich kratze meine Gedanken zusammen: „Nicht ungünstig heißt, dass der Krebs eine gute Prognose hat?“

„Ja, es ist eine erfreuliche Nachricht, dass es kein metastasierender Krebs ist. Genau genommen ist es eine Form von Blutkrebs."

Ich zucke zusammen und er erwidert rasch: „Nein, keine Leukämie. Wie ich Ihnen gerade erklärt habe, ist es ein Lymphom."

Das Gespräch entgleitet wieder meiner Aufmerksamkeit, aber Thomas legt seine Hand auf meine und signalisiert: Schon gut, ich erkläre es dir später.

Ich schaue aus dem Fenster. Wolken ziehen vorbei und ich überlege, aus welcher Himmelsrichtung sie kommen. Dann starre ich auf das Gemälde an der Wand hinter dem Oberarzt. Die Sonne hat es ausgebleicht. Das Original hat mehr Blautöne, dieses sieht grünlich aus. Mein Blick bleibt am Arzt hängen. In der Brusttasche seines Kittels zeichnet sich eine Packung Zigaretten ab.

„Haben Sie noch eine letzte Frage?"

Ich tauche aus meiner Träumerei auf und plötzlich fällt mir eine ein: „Verliere ich meine Haare?"

„Ja, aber glauben Sie mir, in Anbetracht Ihrer Situation ist das zweitrangig."

Ich drohe vom Stuhl zu rutschen, und Thomas greift meine Schultern. Der Arzt verabschiedet uns, lächelt und drückt lange unsere Hände. Dann sagt er wieder, dass wir uns keine Sorgen machen sollen.

Besorgt fahren wir nach Hause. Bevor wir die Kinder abholen, müssen wir uns sammeln. Wir halten an einem See und stehen in der kühlen Luft. Ich suche Thomas' Umarmung, lehne mich an seine Brust und höre seinen Herzschlag. Er ist so groß, dass er sein Kinn auf meinen Kopf legen kann. Wir sind kompatibel und geben uns Halt. Sein Atem verändert sich, ich spüre, wie sich sein Brustkorb weitet und dann tief senkt. Thomas weint, und auch ich tropfe seinen Pullover voll.

„Machst du dir Sorgen?", nuschle ich an seiner Brust.

„Nein, es ist so ein Schreck und schwer, dich in die Hände der Mediziner zu geben."

Ein Spaziergang soll uns dabei helfen, wieder zurück in unsere Rollen zu finden. Zügig gehen wir um den See. Das Tempo beschleunigt den Herzschlag und die kalte Luft fühlt sich gut auf meinen tränennassen Wangen an. Es ist Herbst geworden. Das bemerke ich erst jetzt. Der Sommer ist an mir vorübergegangen, während mich Erschöpfung und Krankheit in mein Wüstenland zogen.

Es beginnt zu nieseln und wir ziehen unser Tempo an. Wir bemühen uns, im Gleichschritt zu gehen. Der kleine See ist rasch umrundet und wir haben ihn aus allen Perspektiven gesehen. Ich wünschte, wir könnten den Blickwinkel auf unsere Sorgen auch so schnell verändern. Die Sonne müht sich durch die Wolkendecke und wärmt unseren Rücken.

„Da, schau mal." Thomas bleibt stehen und deutet nach oben. Am Himmel bricht sich das Licht. Es ist mehr als nur Physik. Sechs bunte Bögen erinnern uns an Gottes Versprechen, dass er es gut mit uns meint.

Wir finden unseren Rhythmus, während wir laufen. Wir richten uns auf, während wir den Blick heben.

Als wir wieder als Familie am Küchentisch sitzen, habe ich das Gefühl, es wäre noch eine Person anwesend. Sie streift um meine Familie und will mich mit Traurigkeit einhüllen. Stopp, denke ich, Blick heben! Ich schaffe mir einen inneren Hans-guck-in-die-Luft an. Aber wenn ich mich auf meine Kissen lege und die Nacht mich in den Schlaf zieht, tauchen ungewollte Bilder auf: Meine Familie steht an meinem Grab. Die Kinder wachsen ohne Mama auf. Ein trauernder Thomas, der im Haushalt versinkt. Diese Träume lassen sich nicht von Hans-guck-in-die-Luft beeinflussen. Sie winden sich von ganz alleine durch meine Gedanken. Am Morgen kämpfe ich mich aus dem Bett, als wäre ich von feinstem Wüstensand verschüttet worden.

Ich klopfe ihn aus meiner Kleidung und schüttle ihn aus meinem Haar. Nein, ich will diese Bilder nicht. Ich will andere, von einer langen Zukunft als Paar und Familie. Ich will sehen, wie meine Söhne zu Männern heranwachsen. Ich will sehen, wie ich alt und grau werde, wie ich meine runzligen Hüften in Miederhosen stopfe und meine Brüste mit Stütz-BHs hebe. Ich will davon träumen, wie wir als uraltes Ehepaar am Frühstückstisch sitzen, die Semmel in kleine Stückchen zupfen und in den Tee tunken.

Thomas ruft mit kratziger Stimme: „Ich liebe dich!"

„Hä, was hast du gesagt?"

„Ich liebe dich."

„Ja, Schatz, ja, Schatz, ich liebe dich auch."

Dabei streichle ich über seine faltige, fleckige Hand. Unser Blick gleitet über die Familienfotos auf dem Küchentisch. Wir sind stolz auf unsere Söhne und ihre Familien und fühlen uns beschenkt. So muss es sein, denke ich, wenn man lebenssatt ist.

2. Folge der Trauer

Ich bin die Trauer und gehe durch die Zeit von Generation zu Generation. Ich durchwandere Wälder und Wüsten, überquere Flüsse und Ozeane, erklimme Berge und durchstreife Täler. Ich bin auf der Suche nach Menschenherzen, nach den schweren und dunklen, den zerbrochenen und gesplitterten, den erschöpften und mutlosen. Ich suche und berühre sie, pflege und umsorge sie, bis sie wieder leicht und hell, heil und kraftvoll sind.

Ich bin Teil der Schöpfung. Ich wurde für dunkle Stunden, einsame Augenblicke und schmerzhafte Momente erschaffen.

Ich bin die Trauer und meine es gut mit den Menschenkindern. Ich meine es gut mit dir.

Wenn dein Glaube schwankt, die Liebe zerbricht oder Hoffnung schwindet, werde ich bei dir sein, dir meine Hand reichen und dich bitten, mir zu folgen.

Folge mir in mein Trauerland. Es hat Wüsten, aber auch Oasen. Du spürst das Leben in all seinen Gegensätzen: Empfangen und Loslassen, Leichtigkeit und Schwere, Überfluss und Mangel, Aufstehen und Niederfallen, Licht und Dunkelheit, Wärme und Kälte. Sorge dich nicht, ich begleite dich durch all die Spannungsfelder und darüber hinaus. Ich lasse dich den Horizont sehen, der die Unendlichkeit berührt, und erkläre dir das Firmament, das leuchtet, glitzert und strahlt, weil es in die Finsternis gelegt wurde.

Ich lehre dich, die Spuren zu lesen, die dein Glaube hinterlassen hat, und zeige dir, wie leidensfähig und unerschöpflich die Liebe ist. Gemeinsam gehen wir durch das fremde Land, bis du dich zu-

rechtfindest und erstarkst. Wenn Glaube, Liebe und Hoffnung sich in dir erheben, werde ich mich verabschieden.

Ich bin die Trauer und meine es gut mit dir.

Ich sehe dich

Ich, die Trauer, stand am wuchtigen Garderobenständer, als der Arzt Susannes Diagnose verlas. Das Paar hielt sich an den Händen und lauschte stumm dem Vortrag über Behandlung und Prognose von Lymphdrüsenkrebs. Das Metall der Garderobe bohrte sich in meinen Rücken, ich hätte mich gern zu Susanne und Thomas gestellt, aber da war kein Platz für mich. Ich wollte da sein, falls sie mich brauchten, also polsterte ich meinen Rücken mit ihren Jacken aus und wartete. Es wurde viel geredet und die medizinischen Fachtermini schwirrten in meinem Kopf. Die Tragweite der Diagnose konnte dem Paar noch nicht bewusst sein, aber sie nickten eifrig und unterschrieben Einverständniserklärungen. Susanne fragte, was mit ihrem Haar in der Therapie geschehen würde. Dabei hielt sie ihren dicken Zopf in beiden Händen.

Wir fuhren erst zu einem See, und ich schaute ihnen aus der Ferne zu, wie sie ihn umrundeten. Sonne, Wind und Regen stritten am Himmel. Es war alles zugleich, aber so ist das Leben. Vieles geschieht gleichzeitig.

Dann holten sie ihre Söhne von Freunden ab und fuhren heim. Ich trug ihnen das Schühchen hinterher, das der Kleinste verloren hatte. Gemeinsam betraten wir die Wohnung, und ich schaute zu, wie Susanne den Kindern die Jacken auszog und die kleine Füße in Noppensocken steckte. Sie flitzten durch die Wohnung, der Große schleppte einen Plüschelefanten über den Flur, und der Kleine krabbelte mit einem Holzauto über das Parkett. Es war laut. Ich wollte mich vorstellen und reichte Susanne meine Hand, aber sie drehte sich weg und ging in die Knie. Dem Kleinen nahm sie das Auto ab. Daraufhin heulte er und es wurde noch lauter. Ich bückte mich, trotz meines Alters, und wollte sie in den Arm nehmen. Doch da hatte sie das schreiende Kleinkind hochgenommen und lenkte es mit einem Fingerspiel ab.

„Himpelchen und Pimpelchen gingen auf den Berg."

Mit steifen Knien saß ich auf dem Parkett, unsicher, was ich jetzt tun sollte. Ich lauschte dem alten Reim. Viele Mütter und Großmütter haben ihn schon aufgesagt und dabei mit ihren Fingern gewackelt. Es waren Hände von Bäuerinnen, zerstochene Finger von Näherinnen oder zarte von Adligen. Doch den Kindern war das egal, Hauptsache, sie konnten auf dem Schoß sitzen und die mütterliche Nähe spüren.

„Himpelchen war ein Heinzelmann und Pimpelchen ein Zwerg."

Das Fingerspiel dauerte an, und ich brauchte einen besseren Platz. Langsam richtete ich mich auf und setzte mich an den Küchentisch. Dort blieb ich sitzen und hörte dem Reim ein drittes und viertes Mal zu.

„Noch mal", quiekte der Kleine.

„Jetzt machen wir Brotzeit", sagte Susanne, und der Große begann den Tisch zu decken. Er bugsierte Teller aus dem Regal, seine Mama rief ihm hinterher, dass er immer nur einen nehmen sollte.

Er antwortete: „Ich kann das alleine."

Mit Sorge betrachtete ich die Keramikteller, die er in seinem Arm balancierte und auf die Tischplatte hievte. Tatsächlich, er *schaffte es alleine, auch wenn es ein großes Durcheinander aus Tellern, Bechern und Besteck war.*

Irgendwann saßen sie zu viert am Tisch. Mutter, Vater und zwei Kinder. Es war ein hübsches Bild. Sie nahmen sich an den Händen und sprachen ein Gebet. Ich nickte und dankte Gott für diese kleine Familie. Als ich beim Essen Susanne über den Rücken strich, zuckte sie zusammen und duckte sich weg. Sie ruckelte mit ihren Schultern, als würde sie frieren. Ich hätte sie gern fest in den Arm genommen, damit sie meine Wärme hätte spüren können. Meine Umarmung wäre weit genug gewesen, um auch Thomas zu bergen, aber sie wollten nicht.

Wenn sich die Menschen voll und ganz auf eine Sache konzentrieren, gerate ich in den Hintergrund. Ich wurde für das Jetzt geschaffen, man kann nicht rückwärtig oder zukünftig trauern. Man kann nur in der Gegenwart trauern.

In dieser Familie war kein Platz für mich – noch nicht. Ich verstehe das. Der Mensch muss seine Kräfte bündeln, und manchmal muss man sich im Heute die Kraft für das Morgen aufsparen. Susanne und Thomas nahmen die Zukunft in den Blick, die Therapie am nächsten Tag, die Untersuchungen am übernächsten und die Normalität für die Zeit danach.

Vorsichtig stand ich auf und zog mich zurück. Ich schlich durch den Flur zur Haustür, dabei stupsten meine Füße gegen den Plüschelefanten und er kullerte auf den Rücken. Ich packte das Rüsseltier an den Ohren und setzte es aufrecht in die Ecke. Doch das weiche Ding sank immer wieder in sich zusammen und ließ den Kopf hängen. Ich stupste ihn in die Ecke, bis er darin Halt fand, dann schloss ich die Tür.

Ich bin die Trauer und meine es gut mit Susanne und ihrer Familie.

3. Lebensmut

Fühlen

Bestünde mein Leben aus einer Melodie, so wäre sie im Frühjahr leicht und unbeschwert gewesen, mit einem Rhythmus passend zu Kinderlachen und Füßetapsen. Im Sommer hingegen drangen unbekannte Töne in mein Lebenslied. Es waren Vierteltöne, wie man sie aus der morgenländischen Musik kennt. Klänge, die immer dazwischen lagen und fremd klangen, mit Tempowechseln, die meine Gefühle aus ihrem vertrauten Rhythmus brachten.

In diesem Herbst klingt meine Lebensmelodie tief, schwer und disharmonisch. Ich vermisse den leichten Klang.

In der Musik bilden unterschiedliche Töne einen Dreiklang: Prime, Terz, Quinte. In meiner Seele bilden unterschiedliche Kräfte einen Dreiklang: Fühlen, Glauben, Wissen.

Das Fühlen ist ein schmetternder Ton, der mein Herz zum Stolpern bringt, als ich mein Kopfkissen betrachte. Es ist voller Haare, wie ein Spinnennetz verteilen sie sich über den Bezug. Erschrocken fasse ich mir an den Kopf. Ich wusste, dass das passieren würde, aber ich wusste nicht, wann. In der Klinik hat man sich nur vage geäußert.

Vier Tage nach der ersten Chemotherapie spannt sich meine Kopfhaut und trennt sich von den Haarwurzeln. Die Idee, mehrere Frisuren auszuprobieren, kann ich verwerfen. Ich dachte, ich könne mich Stück für Stück von meinen langen

Haaren trennen, bis ich eine schicke Kurzhaarfrisur hätte. Es wäre tröstlich gewesen zu wissen, dass ich auch mit kurzen Haaren gut aussehe.

Ich stehe auf, kümmere mich um die Kinder und mache Frühstück. Langes Haar schwebt zu Boden, in das Müsli und in die Spüle. Ich sammle es auf, hole es mit der Fusselrolle ein und jage ihm mit dem Staubsauger hinterher. Es ist zwecklos. Ich haare wie eine Katze im Fellwechsel. Ich wäge ab: Putzen und für ein paar Tage eine Frisur haben oder abrasieren?

Im Kinderzimmer knie ich auf dem Teppich und beginne, Weichen und Schienen der Holzeisenbahn zusammenzustecken. Die Kinder finden leichter in ein Spiel, wenn ich den Anfang mache. Sobald sie sich selbst beschäftigen, habe ich Zeit, um eine Entscheidung zu treffen. Die kleinen Waggons klackern, als sich die Magnete berühren und der Zug immer länger wird.

„Mama, das ist ein Tender." Ferdinand hält mir den Wagen für die Dampflok entgegen. Thomas hat ihm gestern das Wort beigebracht, seitdem benutzt er es so oft wie möglich. Tender hier und Tender dort und ich denke an das alte Lied von Elvis Presley. *Love me tender, love me sweet, never let me go.* Die Kinder liegen auf dem Boden und machen Geräusche mit ihren Zügen.

„Tutuut!", tönt Ferdinand.

„Schscht", macht Eduard und sein Speichel tropft in langen Fäden auf seine Lok. Er bekommt Zähne, Mausezähne. Er sieht so lustig aus, wenn er lacht. Jetzt sind beide in ein Spiel aus Gleisen und Waggons, Dampfloks und Tender abgetaucht.

Ich eile ins Bad und nehme Thomas' Rasierer in die Hand. Er sitzt in seinem Arbeitszimmer und komponiert. In diesen

Momenten ist er in einer anderen Welt, jenseits von Kinderwünschen, schmutzigem Geschirr und Haaren auf dem Parkett.

Ich schalte den Rasierer an und die Vibration wandert von meinen Fingern über den Arm bis in die Schulter. Nicht nur ich mag meine langen Haare, sondern auch Thomas. Es gefällt ihm, wenn ich sie offen trage, dann reichen sie mir bis über die Brust. Im Schlafzimmer flüsterte er mir zu, dass mein offenes Haar als Kleidung genüge.

Der Rasierer brummt und ich führe ihn auf Kopfhöhe. Hängen meine Identität und Weiblichkeit von der Haarlänge ab? Es ist doch verrückt, sich so viele Gedanken über Keratinfäden zu machen, die täglich 0,4 mm wachsen. Ich beginne zu rechnen und halte den Rasierer nun an meinen Scheitel. In einem Monat wächst das Haar einen Zentimeter, das sind im Jahr zwölf Zentimeter, und in drei Jahren habe ich meine Haarpracht wieder. Drei Jahre? In dieser Zeit kann viel passieren, Ferdinand wird dann ein Schulkind sein, Eduard geht in den Kindergarten und Thomas wird ein neues Album veröffentlichen. Was jammere ich um meine Haare? Vor wenigen Tagen hatte ich Angst, die Krankheit nicht zu überleben.

Bevor mich der Mut verlässt, setze ich die vibrierenden Scheren an meine Stirn und schiebe sie mir über den Scheitel. Ein Irokesenschnitt, nur umgekehrt, denke ich und betrachte den wegrasierten Streifen. Das sieht so doof aus, dass ich weitermachen muss.

Meine langen Haare fallen ins Waschbecken, bis ich eine Glatze habe. Ich betrachte mich im Spiegel, berühre erst vorsichtig meine blasse Kopfhaut und rubble dann kräftig über meinen Schädel, als wolle ich die Traurigkeit verscheuchen, die mir aus dem Spiegel entgegenblinzelt. Kann man eine Glatze als Frisur bezeichnen? Wenn ja, dann habe ich jetzt eine Kriegerfrisur. Auf in den Kampf gegen zytostatische Mutanten! Ich nehme meine großen Creolen aus dem Schmuckkästchen und bedauere meinen blassen Hautton. Dunkelhäutige Frauen sehen so stark und schön aus mit raspelkurzen Haaren und dem großen, bunten Schmuck. Ich tröste mich damit, dass mein Schädel eine schöne Form hat. Er ist ebenmäßig, ohne Dellen und Beulen.

Ich bin meiner Mutter dankbar, dass sie mich als Baby abwechselnd auf Bauch, Seite und Rücken gelegt hatte. Sie hat mich geformt, nicht nur durch regelmäßiges Babyumdrehen. Meine Eltern haben mich mit Zuneigung, Zuversicht und Gottvertrauen erzogen.

Glauben

Ich wuchs in der DDR auf. Dort bedeutete ein gelebtes Gottesbekenntnis Nachteile für Ausbildung und Alltag. Während ich in die Christenlehre ging, trafen sich meine Mitschüler bei den Thälmannpionieren, um eine sozialistische oder, noch besser, eine kommunistische Zukunft zu gestalten. Unter 25 Kindern war ich die Einzige, die sagte, dass sie an Jesus glaubte. Spöttisch fragten sie mich: „Wo ist denn dein Gott? Selbst Juri Gagarin hat keinen gesehen, und der muss es wissen."

Wir Kinder lernten alles über den ersten Kosmonauten im All, Sputnik und die Raumstation Mir, erfuhren aber nichts über Religion, Glauben und Hoffnung. Ich entwickelte einen Trotz. Wenn man mich hänselte, konterte ich: „Nur weil man Gott nicht sieht, ist es kein Beweis, dass er nicht da ist."

Meine Eltern waren keine lauten Gegner des DDR-Regimes, aber sie protestierten, indem sie die Hände falteten, Kirchenlieder sangen und zu Gottesdiensten gingen. Ich fuhr mit meiner Familie zu christlichen Freizeiten, meine Klassenkameraden fuhren alleine ins Pionierlager. Ich lernte, was es heißt, einen himmlischen Vater zu haben. Sie lernten von Mütterchen Russland sozialistischen Gehorsam. Meine Eltern haben einen stillen und sturmbewährten Glauben, und der hat Spuren in meinem Leben hinterlassen. Dieser Glaube bildet den zweiten Ton in meinem Dreiklang. Prime und Terz. Fühlen und Glauben. Das Dröhnen des ersten Tones lässt nach, wenn ich mich auf den zweiten Ton konzentriere. Wenn ich darauf achte, wie barmherzig, geduldig, gütig und gnädig Gott ist.

Ich glaube an Wunder, und wenn ich bei den langwierigen Untersuchungen eine Stunde reglos auf der Liege ausharre, geht meine Vorstellungskraft spazieren. Wenn jetzt ein Heilungswunder geschähe, dann würden die Ärzte verständnislos auf meine Laborwerte blicken, würden über ihre Bildschirme scrollen und mir fassungslos um den Hals fallen, weil sie den Tumor nicht mehr fänden. Ich höbe meine Arme, sänge Loblieder und sähe, was ich glaubte. Nun glaube ich, ohne zu sehen, und rufe mir meinen kindlichen Trotz in Erinnerung: „Nur weil man Gott nicht sieht, ist es kein Beweis, dass er nicht da ist."

Die Rasierklingen und die Vibration haben meinen Skalp

gereizt. Ich tröpfle mir Babyöl in die Hände und massiere mir die Kopfhaut. Das friedliche Spiel der Kinder ist vorbei, sie weinen, und ich eile mit schmierigen Fingern aus dem Bad. Als sie mich sehen, heulen sie lauter. Ich beuge mich hinab, jetzt brüllen sie.

Thomas kommt aus seinem Arbeitszimmer: „Lass mal ... ich mache das."

Irritiert sieht er mich an und ich begreife – meine Kinder haben Angst vor mir. Ich sehe aus wie eine Fremde, denn meine langhaarige Mama-Identität liegt im Waschbecken. Mein Kriegermut verlässt mich. Hätte ich doch nur eine Kappe aufgesetzt oder ein Tuch um den Kopf geschlungen. Ich gehe zurück ins Bad und sammle meine Haare auf, filze sie zu einem Knäul und werfe sie in den Mülleimer. Mühsam pfriemle ich einzelne Haare von den Armaturen und aus dem Duschvorleger. Immer wieder bleiben sie an meinen feuchten Fingern hängen, und ich zupfe, wische und stopfe sie in den Müll. Jetzt wäre eine Umarmung schön, doch Thomas ist bei den Kindern.

Wissen

Fühlen, Glauben und Wissen.

Prime, Terz und Quinte. An der Prime und Terz arbeite ich mich ab, aber welche Spannung schafft die Quinte? Während die Terz zwischen Moll und Dur schwankt, ist das Wissen ein klarer, hoher Ton. Ihn kann ich nicht überhören. Ich weiß, dass die Krebserkrankung Non-Hodgkin-Lymphom heißt, und ich lese in meinem medizinischen Wörterbuch, was die Lymphozyten alles tun, wenn sie nach Hodgkin benannt sind und die Vorsilbe Non bekommen. Dann lese ich über den tiefgläubigen Arzt Thomas Hodgkin, der als Quäker im anglikanischen England nicht studieren durfte. Er war seiner Zeit weit voraus und gründete eine Organisation zum Schutz indigener Völker. Er erforschte und beschützte das Leben in Gottes Namen. Ich mag ihn, und es tut mir leid, dass er auf einer Reise ins Heilige Land an Durchfall starb. An Durchfall! Das Wissen um die Details der Erkrankung hilft mir, das Unbekannte zu entzaubern.

Als die Königin Rumpelstilzchens Namen sagte, verlor er seine Macht über sie. Sie bekam ihr Baby zurück und lebte ein neues Leben. Den Namen Non-Hodgkin zu erwähnen, ist wie eine Befreiung, denn nun weiß ich, gegen wen ich kämpfe und wozu ich eine Kriegerfrisur trage. Non-Hodgkin gibt mir einen Zeitplan: Drei Monate haben die Ärzte für die Therapie angesetzt, wenn es keine Komplikationen gibt. Ich gehe vom Besten aus und erwarte, dass mit der nächsten Jahreszeit meine Lebensmelodie ihren ehemals schönen Klang wiedergefunden haben wird.

Thomas kommt ins Bad, an seinen Armen hängen die Kinder und juchzen. Als sie mich sehen, werden sie still. Thomas beugt sich zu mir und küsst meinen Schädel. Er zwinkert mir zu und sagt: „Es gibt schöne Menschen und Menschen mit Haaren."

Mit hochgezogenen Augenbrauen, die wohl auch dünner werden, lächle ich ihn an. Er hilft mir auf die Füße und streichelt meinen Kopf. „Du hast eine schöne Kopfform. Mein Hinterkopf ist so platt."

„Weil du als Baby nur auf dem Rücken lagst“, erwidere ich und wir müssen lächeln.

Die Kinder schauen mich immer noch verwundert an, aber sie heulen nicht mehr. Das ist doch ein Fortschritt. Ich habe das Bedürfnis, die Kinder ganz fest an mich zu drücken und mich mit ihrer Weichheit und Lebendigkeit zu trösten. Aber ich will nicht, dass sie für meine Gefühle herhalten müssen. Oft ist es so, dass ein Erwachsener mit einem Kind kuschelt, weil es ihm guttut. Häufig geht es mehr um die Bedürftigkeit des Erwachsenen als um die des Kindes. Unsere Söhne brauchen die Zuversicht, dass wir für sie da sind als Mama und Papa. Ich überlege, ob ich etwas zu meiner Glatze sage, stattdessen hole ich eine Perücke hervor.

„Das sind jetzt Mamas Haare.“ Ich versuche, das Ding mit einer natürlichen Bewegung aufzusetzen. Mir fehlt die Übung und die Perücke rutscht mir in das Gesicht.

Ferdinand kichert: „Das ist lustig.“

„Noch mal“, ruft Eduard.

Ich brauche mehrere Versuche, bis der Mopp seine Position gefunden hat. Manchmal begegnet man älteren Damen, die ihr Kunsthaar wie eine Mütze überstülpen. Jeder sieht, dass es eine Perücke ist, aber die Damen tragen sie voller Stolz. Ich brauche die Unbefangenheit des Alters und eine Portion Wurstigkeit. Je entspannter wir mit der Situation umgehen, umso weniger wird es die Kinder irritieren.

Thomas macht seine Späße: „Einen schönen Menschen kann nichts entstellen.“ Und trotzdem sehe ich auch Traurigkeit in seinen Augen. „Komm, lass uns heute noch etwas unternehmen. Dann kann dein Fifi frische Luft schnappen.“

Er nimmt sich die Zeit und organisiert eine Betreuung für die Kinder. Wir gehen ins Kino und sind uns schnell über die Filmauswahl einig. Krimis schauen wir seit einer Weile nicht mehr, wegen der vielen Toten. Science-Fiction ist mir in Anbetracht meiner zytostatischen Mutanten zu aufregend. Liebesfilme sind zu unrealistisch. Wir entscheiden uns für einen Trickfilm. Es läuft Wallace & Gromit, ein Erfinder und sein Hund jagen ein Riesenkaninchen. Aberwitzige Knetfiguren rennen über die Leinwand.

Thomas mampft Popcorn und reicht mir das Eimerchen.

„Sitzt mein Haar gut?"

„Schatz, es ist dunkel. Popcorn?"

„Du nimmst mich nicht ernst", flüstere ich.

„Doch, sehr, aber lass uns auf das konzentrieren, was direkt vor uns liegt. Momentan ist das der Film."

Das Riesenkaninchen entführt eine Frau. Das Riesenkaninchen wird mit einer goldenen Mohrrübe niedergestreckt. Das Riesenkaninchen ist der verzauberte Wallace.

„So ein Quatsch", kommentiere ich und muss doch lachen.

Aber nicht wegen des Filmes, sondern weil Thomas laut und ansteckend lacht. Ich liebe sein Lachen. Wir kugeln uns auf den Sitzen, bis uns der Bauch wehtut. Ich habe fast vergessen, wie schön es ist, mit diesem Mann zu lachen. Luft strömt in meinen Körper bis in meinen Bauch hinein und weitet meinen Brustkorb. Es ist das erste Mal seit Langem, dass ich tief einatme. In den letzten Wochen habe ich vor Schreck die Luft angehalten oder nur flach geatmet. Jetzt spüre ich das Leben. Mit Thomas erlebe ich ein Trotzdem. Wir spüren Fröhlichkeit trotz dunkler Gedanken. Wir entdecken Hoffnung trotz Herausforderungen. Wir suchen Zufriedenheit trotz Mangel.

Während unserer Kennenlernzeit schrieb mir Thomas Gedichte. Ein Freund gab ihm den Rat, dass sich das Herz einer Frau mit Gedichten erobern lässt. In meinem Fall hatte er recht. Das Gedicht bedeutet mir viel, weil es seine drei Lieben beschreibt, die in einer Gleichzeitigkeit bestehen: Susanne, Jesus, Musik.

„Gesetzt, ich sei die Prim,
dann sei du meine Quint,
Damit diese Spannung unser Leben bestimmt.
Jesus, sei du unsere große Terz,
Denn göttlich soll tönen unser Leben und Herz.“

Ich denke über meine persönliche Glaubensterz nach. Kann sie zwischen der Spannung aus Fühlen und Wissen bestehen? Ich bewahre meinen Glauben und lasse ihn schwingen, wenn auch leise. Ich muss ihn nicht aus eigener Kraft nach oben zur großen Terz ziehen, damit ein fröhliches Dur zu hören ist. Ich darf ihn klingen lassen, so wie er ist, selbst wenn es ein schwermütiger Moll-Ton ist.

Mein persönlicher Dreiklang findet Stabilität, und wir finden unsere Routine zwischen Kinderstube, Krankenhaus und Arbeitszimmer. Schüler nehmen bei Thomas Musikunterricht, Kinder und Jugendliche gehen ein und aus. Ich versuche, mich von dem Besuch fernzuhalten, um mich nicht mit einer Krankheit anzustecken, selbst eine Erkältung wäre für mein geschwächtes Immunsystem eine Gefahr. Ich verbringe viel

Zeit mit den Kindern auf dem Teppich. Wir spielen noch immer mit der Holzeisenbahn, und mich hat der Ehrgeiz gepackt. Schaffen wir es, alle Teile zu verbauen? Die Bahnstrecke ist inzwischen so groß, dass sich die Jungs nicht mehr in die Quere kommen. Ferdinand rollt die Züge über den Boden und Eduard sortiert Plastikfiguren auf dem Bahnhof. Immer wieder richtet er die Figuren auf, Löwe neben Enten, Bären neben Kühe, Ritter neben Clown.

„Mama, Mama, krieg ich einen Termin?"

„Was willst du?"

Ferdinand steht mit ernstem Gesicht vor mir. „Einen Termin bei Papa. Gitarre spielen."

Die Tür zum Arbeitszimmer ist verschlossen, aber wir hören das Geklampfe, die Erklärungen und schiefes Geschrammel der Schüler. Sie mühen sich an den Akkorden ab. Ja, eine reine Harmonie zu schaffen ist nicht leicht, und ich denke an meinen Dreiklang aus Fühlen, Glauben, Wissen.

„Und?" Ferdinand reißt mich aus meinen Gedanken.

„Wenn Papa wieder alleine ist, werden wir ihn fragen."

So, wie ich Thomas kenne, wird er seinem Dreijährigen einen Termin geben. Vor einiger Zeit hat er eine kleine Gitarre im Möbelhaus gekauft. Eigentlich war es nur eine Spielzeuggitarre, aber Thomas saß in einem Vorführwohnzimmer und probierte alle Gitarren durch, bis er eine fand, die sich stimmen ließ. Ich hielt die Kinder bei Laune, während er ein kleines Instrument suchte, das für Krach und nicht für einen schönen Klang geschaffen wurde. Nun steht neben der großen Ibanez eine kleine, rote Gitarre, wie Vater und Sohn.

„Papa, Papa, bekomme ich einen Termin?"

Und er bekommt seinen Termin. Sie sitzen zusammen auf dem Sofa, jeder mit seiner Gitarre. Vater und Sohn.

„Nein, man hält die Gitarre anders herum."

„Nein, man klopft nicht darauf."

„Nein, man dreht nicht ständig an den Wirbeln."

„Nein, man steckt das Plektrum nicht in das Loch."

Thomas verliert nicht die Geduld, selbst nicht, als Eduard zu seinen Füßen krabbelt und an einem Kapodaster lutscht.

Glückspillen

Ein lang geplantes Konzert in Italien steht an und Thomas will es nicht absagen. Ich verstehe ihn. Die Auftritte bringen Geld und ziehen weitere Aufträge nach sich. Er will die Band nicht im Stich lassen und mich auch nicht. Ich spüre, wie er hin- und hergerissen ist zwischen seinen Rollen als Versorger, Vater, Ehemann und Künstler. Ich will, dass er fährt, und packe ihm den Koffer. Ein paar Tage unter Musikern werden ihn mehr beleben als Urlaub.

Ich höre in Talkshows von Menschen, wie eine bedrohliche Situation ihr Denken verändert hat, oder in Zeitschriften lese ich, dass wir Resilienz in schwierigen Lebensumständen entwickeln können. Plötzlich offenbart sich, was dringend und wichtig ist oder was wichtig, aber nicht dringend ist oder was dringend, aber nicht wichtig ist.

Eine Auszeit ist dringend und wichtig, wir wollen uns von Krankheit und Therapie nicht alles vorschreiben lassen. Non-

Hodgkin kommandiert uns durch den Alltag und jetzt wollen wir uns für eine kurze Zeit von seiner Diktatur befreien. Fahnenflucht. Thomas ist in Italien und ich habe liebevolle Helfer um mich. Eine Frau aus der Kirche bekocht uns, eine andere erledigt den Einkauf und die Jungs werden jeden Tag zu Freunden eingeladen. Sie machen eine Rundreise durch sämtliche Kinderzimmer und gehen auf Spielzeugsafari. Fröhlich winken sie mir zu, wenn ein Vater sie mit dem Auto abholt. Dann sind sie ein paar Stunden weg und ich muss lernen, die Zeit für mich zu nutzen. Nein, ich werde nicht putzen. Nein, ich werde keine Wäsche waschen. Was tut mir gut? Lesen, zeichnen, in die Badewanne hüpfen, mich im Bett einmummeln und tun, was wir nie mit kleinen Kindern dort tun würden: essen, trinken, Kerzen anzünden.

Zu den kleinen Kostbarkeiten in meinem Alltag gehört der Schlaf. Schon nach der ersten Therapie wurde der Husten in Rückenlage weniger. Wie gnädig ist der Schlaf, der mich vergessen lässt. In der griechischen Mythologie sind Schlaf und Tod Geschwister, Hypno und Thanatos. Ich finde das unheimlich, denn in meinen Träumen bin ich lebendiger als am Tag. Oder ist es eine Vorahnung, dass das Leben nach dem Tod erst beginnt? In meinen Träumen ist alles in Ordnung. Ich träume viel und intensiv und kann mich auch am nächsten Morgen noch daran erinnern.

Während der Chemotherapie in der Tagesklinik döse ich auch immer weg, nachdem die Schwester die Infusion angeschlossen hat. Ich finde das seltsam, denn ich fühle mich nicht müde. Mit Buch und Schreibzeug mache ich es mir im Behandlungssessel gemütlich. Schließlich habe ich vier Stunden Zeit, bis die Chemo über Plastikschläuche bis in meine Venen getropft ist. Doch es dauert nicht lange und ich schlafe ein. Alle dreizehn Patienten in dem Zimmer schlummern, die meisten von ihnen sind Senioren.

„Schwester Sabine, können Sie mir bitte sagen, warum mich die Infusion so müde macht?"

„Das sind die Psychopharmaka."

„Ich bekomme Psychozeug?"

Ich bin empört. Dürfen die das denn, ohne mich zu informieren? Am liebsten würde ich zur Ärztin stürmen, aber ich hänge am Schlauch. Ich blicke mich wachsam um und halte nach der Frau Doktor Ausschau, während die Infusion in meinen Körper sickert. Ich nehme mir fest vor, wachsam zu bleiben, doch ich werde in den Schlaf gezogen.

Es ist faszinierend, wie schnell das Zeug wirkt. Bevor ich die Tagesklinik verlasse, begutachtet Frau Doktor mich noch. Ich fühle mich wohl und habe die Empörung verschlafen.

„Die Chemotherapie wirkt besser, wenn die Patienten entspannt sind. Sie kommen zur Ruhe und Ihr Körper kann arbeiten. Es wäre zu belastend, wenn Sie alles im Wachzustand ertragen müssten."

Die Fürsorge berührt mich. Ich danke Gott für Schmerzmittel und Glückspillen. Frau Doktors Erklärung hat mir eine neue Sicht geschenkt. Vielleicht muss ich nicht ständig kämpfen, sondern darf vieles verschlafen. Wunden heilen am besten, wenn man sie liebt. Die Heilige Elisabeth von Thüringen ging zu den Aussätzigen, wusch und küsste ihre Wunden. Nur was geliebt wird, kann heil werden, sagte sie zu den Kranken.

Ich übertrage dieses Bild auf meinen Körper. Meine Glatze

kann ich annehmen, aber die verletzten Mundschleimhäute und entzündeten Augen kann ich nicht ertragen. Soll ich lernen, auch das zu lieben, was mich entstellt und schmerzt, damit es schneller heilt? Jeder Wimpernschlag und jedes Schlucken erinnern mich an die Wunden in mir. Das sind pro Minute ein Schluck Spucke und sechzehn Lidschläge. Wenn ich diese Wunden ohne Schmerzen lieben könnte, wäre es leichter. Aber das geht nicht, Schmerz und Liebe scheinen auch Geschwister zu sein, und außerdem reimt sich Herz auf Schmerz.

„Gibt es auch Psychopharmaka für zu Hause?"

Frau Doktor antwortet: „Ja, aber da müssen Sie erst einen Termin mit der Psychologin machen."

Ich will keinen Extratermin vereinbaren. Das bedeutet Wartezeiten und erneute Fahrtwege. Ich belasse es bei der Vorstellung, dass ich Glückspillen bekommen könnte, wenn ich welche bräuchte.

Zuhause

Ein Taxi bringt mich nach Hause. Ich setze mich nach hinten, lehne mich in die Polster und schaue aus dem Fenster. Der Fahrer beginnt ein Gespräch, ich schließe die Augen und hoffe, dass er schweigt. Ich bin noch nie so oft Taxi gefahren wie jetzt. Taxifahren ist etwas Luxuriöses für mich. In den Flitterwochen ließen wir uns chauffieren, als wir nachts in einen Jazzclub in Budapest gingen. Eigentlich wollten wir mit dem Bus fahren, aber wir konnten den Verkehrsplan nicht entziffern. Wenn wir beide im Ausland unterwegs waren, sind wir immer mit dem Bus oder Zug gefahren. Dort hatten wir die interessantesten Begegnungen mit Menschen, und man konnte viel sehen. Wir froren im überklimatisierten Bus in Sydney und schwitzten im nicht klimatisierten Bus in Singapur. Wir hörten Chansons in der Pariser Metro und ließen uns von einem Traktor in Österreich mitnehmen, weil kein Bus fuhr.

Meine Taxifahrt von München bis in unser kleines Dorf dauert nur 30 Minuten. Wir überqueren die Isar, umrunden den Friedensengel, fahren am Feinkost Käfer und dem Prinzregenten-Theater vorbei. Der Feinkost Käfer erinnert mich an den Intershop zu DDR-Zeiten. Dort konnten wir Ostdeutsche Westware kaufen, aber weil das viel zu teuer war, guckten wir uns Barbiepuppen, Turnschuhe und Kassettenrekorder nur an. Es war wie ein Museum. Der Feinkost Käfer ist exquisit. Fische schwimmen im Marmorbrunnen, Gewürze verströmen ihren Duft und unzählige Kaffeesorten werden in schönen Dosen angeboten. Als ich zum ersten Mal im Käfer war, ging ich wie bei einem Intershop-Besuch durch die hohen Räume und betrachtete Produkte, die ich noch nie gesehen hatte. Kopi Luwak ist ein Kaffee aus Bohnen, die eine asiatische Schleichkatze zuvor verdaut hat. Ich staunte über Kaffee und Kaviar, über feine Damen mit Hüten oder Fascinator.

„Guck doch nicht so", sagte Thomas, wenn eine Dame mit aufgespritzten Lippen vorbeikam.

Thomas hatte mal einen Auftritt im Café Käfer, und die Münchner Schickeria saß auf avantgardistischen, unbequemen Stühlen und schlürfte Champagner. Ich hatte mein feinstes Kleid angezogen und trotzdem fühlte ich mich wie ein Ossi-

Trampel zwischen den eleganten Leuten. Ich wollte Thomas gefallen und den Menschen, die er mit seiner Musik erreichte. Oft flirteten Frauen mit ihm, die so viel stylisher und modischer waren als ich.

„Was hast du?“, fragte er mich.

„Ich fühle mich nicht wohl zwischen diesen Menschen. Ich weiß nicht, was ich sagen soll, und außerdem sind die Frauen viel hübscher als ich.“

„Stimmt doch gar nicht“, Thomas war empört, „die sehen nicht schön aus. Sie tragen zu viel Make-up und haben Frisuren, die wie festzementiert aussehen. Hast du gesehen, wie eng ihre Kleider sind?“

„Ja, habe ich! Das war auch nicht zu übersehen.“

Thomas argumentierte: „Die Kleider sind so eng, dass die Frauen nichts essen und sich nicht hinsetzen. Wenn doch, berühren sie mit einer Pobacke die Stuhlkante. Susanne, ich liebe deine Natürlichkeit, dein Haar, deine Haut, dein Lachen und dass du den Hosenknopf aufmachst, weil das Essen lecker war. Mit dir kann man leben, lieben und genießen.“

Wir biegen ab und ich kann unser Dorf riechen, das frisch gemähte Gras und die Schafställe. Statt Friedensengel und Theater passieren wir Kirche und Wirtshaus. Die Bänder des Maibaumes flattern im Wind, und ich bin dankbar, hier leben zu dürfen. Es ist ein Bullerbü in Oberbayern.

Das Bobby Car versperrt die Einfahrt und der Taxifahrer muss mehrmals zurücksetzen, um zu wenden. Ich steige aus und trage das rote Plastikauto in den Schuppen. Der Asphalt vor unserem Haus ist mit Straßenkreide verziert. Linien, Kreise, Rechtecke. Eindeutig, meine drei Männer haben ADAC gespielt.

Gehe ich gleich in die Wohnung oder nutze ich den ruhigen Moment vor dem Haus? Eine große Wiese grenzt an unseren Garten, dahinter das Dorf, und dazwischen ragt der Zwiebelturm der Kirche auf. Die Abendsonne steht über der Kirche und entzündet den Turm. Eigentlich ist das Dach keine Zwiebel, sondern eine Flamme. Die Menschen denken mehr ans Essen als an das Licht, mehr an den Bauch als an die Seele. Ich denke auch an meinen Bauch, weil mir übel ist. Die Chemotherapie lässt mich kotzen. Dabei ist es nicht mein Magen, der rebelliert, sondern eine Hirnregion wird stimuliert, die Übelkeit auslöst – wie bei einer Schwangerschaft. Mir war bei jedem Kind monatelang schlecht, doch die Aussicht auf das neue Leben ließ mich durchhalten. Zwei meiner Freundinnen sind mit ihrem dritten Kind schwanger. Ihnen ist auch übel, aber ich empfinde gerade kein Mitgefühl. Sie sollen sich nicht so anstellen, denn in ihnen wächst Leben, während in mir der Tod schrumpft. Die Sonne funkelt über dem Kirchendach und ich kämpfe mit Gefühlen wie Neid und Selbstmitleid. Ich sollte auf keinen Fall noch einmal schwanger werden, betonten die Ärzte. Die Therapie hat uns die Entscheidung der Familienplanung abgenommen.

Abendrot legt sich über das Dorf und verheißt einen schönen Tag für morgen. Die Sonne wird wieder aufgehen und erinnert mich an den Bibelvers aus dem Jesajabuch: *Dein Licht wird hervorbrechen wie die Morgenröte und deine Heilung wird schnell voranschreiten.*

Das ist ein Versprechen direkt aus dem Himmel. Es wird dämmerig und nur das goldene Kreuz glimmt auf dem Kirchturm wie ein Flämmchen. Mein Glaube glüht und das genügt, damit Neid und Selbstmitleid in seinem Licht verblassen.

Ich öffne die Tür und mich begrüßt der Plüschelefant, der noch immer mit hängendem Rüssel in der Ecke hockt. Ferdinand flitzt im Strampler durch die Wohnung. Moment mal, der Dreijährige hat doch keinen passenden Einteiler? Eduard krabbelt nur mit Windel bekleidet mir entgegen. Die drallen Händchen patschen aufs Parkett.

„Ich bin dahaaa!", rufe ich und breite meine Arme aus. Eduard überlegt.

„Komm, mein Schatz", locke ich ihn. Er folgt der Stimme und schmiegt sich in meine Arme.

Thomas taucht verschwitzt und ratlos auf.

„Oh, du bist schon da. Ich finde Eduards Strampler nicht."

„Den hat Ferdinand an."

Ich muss lachen. Mein lieber Mann findet sich in seinen Klangwelten zurecht, aber nicht im Haushalt. Erstaunlich, wie dehnfähig der Strampler ist. Da er Ferdi nicht stört, soll er ihn anbehalten. Thomas reicht mir einen neuen Einteiler. Eduard ist auf meinen Schoß gekrabbelt. Ich wische die Krümel weg, die an seinen Knien hängen, und bugsiere ihn in das Frottee, auf das kleine Entchen gedruckt sind.

Was denke ich über die Zukunft und eine unmögliche Schwangerschaft nach, wenn hier das Leben pulsiert in seiner Fröhlichkeit und Einmaligkeit? Nichts ist so real wie der Moment. Vergangenheit und Zukunft sind nur eine Illusion.

In mir klingt eine reine, volle Harmonie aus Fühlen, Glauben, Wissen. Ich fühle die Liebe meiner Familie. Ich glaube, dass morgen Gottes Gnade über uns neu aufgeht. Ich weiß, dass die Chemotherapie wirkt. Im Moment ist es ein Dreiklang mit einer großen Terz. Gott sei Dank!

4. Vertraue der Trauer

Ich bin die Trauer und gehe durch die Zeit von Generation zu Generation, von Ort zu Ort und berühre Geschöpfe mit einer traurigen Seele. Vielleicht wagst du nicht, mir von deinem Kummer zu erzählen. Du denkst, dass du nur bei großem Leid trauern darfst. Aber nein, ich bin auch für die Kleinigkeiten da, die dir das Herz schwer machen.

Ist es nicht interessant, dass trauern, sich trauen und vertrauen miteinander verwandt sind? Drei unterschiedliche Wörter mit unterschiedlichen Bedeutungen besitzen denselben Wortstamm. Sie sind sich ähnlicher, als du denkst. Ich bin die Trauer – aber Mut und Zuversicht sind mit mir verwandt!

Du brauchst mich, um die Schwere zu verstehen, die sich auf dich legt, wenn dir etwas genommen wurde oder verwehrt wird. Ich gebe dem Verlust ein Gewicht und dieses Gewicht senkt sich tief in dich hinab. Es wird dich sogar stabilisieren, damit Mut und Zuversicht sich ausbalancieren können.

Du brauchst Mut, um dir einzugestehen, dass ein Traum nicht mehr in Erfüllung gehen wird, und es braucht Zuversicht, um dein Jetzt zu gestalten.

Habe keine Angst vor der Schwere, die sich mit mir einstellt. Sie wird dir Standfestigkeit geben. Wie ein Baum in der Wüste tiefe Wurzeln ausbildet, um an das Grundwasser zu gelangen, so werde ich deinem Leben eine Tiefe geben, die bis zu den Quellen des Lebens reicht.

Ich begleite dich

Ich stand hinter Susanne, als sie sich den Rasierer an die Stirn hielt. Sie stoppte und betrachtete ihr Spiegelbild. Ich lugte über ihre linke Schulter und wollte ihr den Moment erlauben, traurig zu sein. Aber sie streckte sich und ich verschwand hinter ihrem Rücken. Sie murmelte etwas von vier Millimetern, Keratinfäden und drei Jahren.

Ich erschrak, als sie den Rasierer anschaltete und das Brummen den gefliesten Raum erfüllte. Tausende von Haaren segelten um uns herum, und ich mühte mich, sie aufzusammeln. Wir waren lange beschäftigt, sie unterbrach ihre Arbeit erst, als die Kinder weinten. Sie verschwand und ich blieb allein zurück und wartete.

Ich wartete, während die Familie sich die Perücke anschaute und die Kinder am Kunsthaar zupften. Ich wartete, als sie die Kinder zu Bett brachten und den Babysitter begrüßten, und ich wartete im Kinosaal, als das Paar in die Polster sank. Ich wartete, bis wir daheim waren und sich die Stille der Nacht über uns senkte. Gespräche verstummten und Gedanken wurden langsamer. Dann berührte ich die beiden und sie fielen einander schwer in die Arme und in die Kissen, und ich war nicht mehr als eine Ahnung.

Einmal begegnete ich Thomas ganz bewusst. Er lud mich ein, seiner Musik zu lauschen. Frau und Kinder schliefen, und wir schlichen in das Arbeitszimmer. Behutsam nahm er seine Gitarre in den Arm, und ich wiegte mich zu den Melodien, die sich von den Saiten lösten. Er spielte Akkorde mit der kleinen Terz, diesem Moll-Ton. Wenn er ihn nur leise klingen ließ, dann klang er traurig. Aber wenn er kräftig in die Saiten schlug, verwandelte sich der Dreiklang in einen wütenden Schall. Diese Wut war mir vertraut – aus ihr entsteht der Mut, mit dem man schwere Zeiten übersteht.

Mit wütendem Eifer suchte die kleine Familie nach sorglosen und leichten Momenten, trotz der Therapien und Übelkeit und Erschöpfung. Sie waren wie Langstreckenläufer, die wussten, dass das letzte Drittel das härteste ist. Ihre Augen suchten die wehenden Bänder, die die Ziellinie ankündigten. Durchhalten. Weitermachen.

In ihr Blickfeld ragten ihre Fußspitzen und der Boden, den sie bezwangen. Schritt für Schritt und Tag für Tag. Sie mühten sich, dass die Kinder die Strapazen nicht spürten. Sie nahmen die Kleinen huckepack auf ihren Marathonlauf mit und ließen sie im Rhythmus ihrer Schritte auf den Schultern hüpfen, bis sie juchzten. Es war eine Gleichzeitigkeit aus Mühsal und Freude, Entbehrung und Überfluss.

Einmal gingen sie in den Wald hinter ihrem Haus und die Kinder tollten im trockenen Laub der Buchen. Thomas hatte einen Rechen mitgenommen. Er kehrte Laub im Wald, er war ein harkender Sisyphus im Spätherbst. Spaziergänger schüttelten verwundert den Kopf, sie verstanden nicht, was für ein wunderbarer Spielplatz das wurde. Die Kinder wühlten sich durch den raschelnden Haufen und selbst ihr Papa verschwand vollends darin. Ich setzte mich auf einen Baumstumpf und die Blätter umschwirrten mich wie Schmetterlinge.

Ja, sie sollten die leichten Momente und die kleinen Siege feiern! Diesen Herbsttag oder gute Blutwerte, eine durchgeschlafene Nacht oder den erfolgreichen Töpfchengang des Kleinsten, einen gut bezahlten Auftritt von Thomas oder einen farbenfrohen Sonnenaufgang.

Immer wieder zitierten sie diesen einen Bibelvers: „Dann wird dein Licht hervorbrechen wie die Morgenröte und deine Heilung wird rasche Fortschritte machen."

Es war kein Mantra, keine sinnlose Leier, sondern ein Gebet voller Hingabe und Glauben. Sie erinnerten sich gegenseitig daran, was Gott ihnen versprochen hatte.

Endlich kam der Tag, an dem der Arzt sagte, dass die Chemotherapie abgeschlossen sei. Susanne und Thomas wollten die Nachricht wie die Morgenröte begrüßen und hielten ihre Gesichter in das rötliche Licht. Doch es wärmte nicht. Was sich als Morgenröte wähnte, war nur ein Blutmond, ein Trugspiel einer besonderen Konstellation aus Sonne, Erde, Mond. Susannes Gesundheitszustand war eine besondere Konstellation aus ihrem Alter, der Größe des Tumors und ihrer Familiensituation. Der Professor schickte sie prophylaktisch zur Bestrahlung. Statt wärmendes Sonnenlicht traf Gammastrahlung ihren Oberkörper und zerstörte den schönen Zeitplan. Das Paar hatte seine Kraft für drei Monate eingeteilt, aber nun wurde die Ziellinie verschoben und der Marathonlauf um zwei Monate verlängert. Die Nachricht war eine große Enttäuschung und brachte alles zum Wanken. Thomas fand zuerst seinen Stand, erkundigte sich nach dem weiteren Vorgehen, verabschiedete den Arzt und rief ein Taxi.

Ich half Susanne beim Einstieg und hielt meine Hand über ihren Kopf, damit sie ihn nicht anschlug. Der Fahrer schaute verlegen in den Rückspiegel, machte den Mund auf und schloss ihn wortlos. Selbst als Thomas ihm das Geld reichte, brachte er nur ein Nicken zustande. Er spürte meine Gegenwart.

Wir schleppten uns in die Wohnung und fielen auf das große, weiße Sofa. Thomas meinte, dass es doch gut sei, wenn die

Mediziner gründlich arbeiteten, außerdem sei die Bestrahlung nicht so beschwerlich wie die Chemotherapie.

Susanne schluchzte und nickte, doch die Enttäuschung über das verschobene Therapieende senkte sich dunkel über uns. So dunkel, dass man das Ziel in der Ferne nur ahnen konnte. Aber es war da und wir hatten es gesehen. Als wir still wurden, konnten wir das Flattern der Zielbänder hören. Es ist die Stille, die den Weg in mein Wüstenland weist. Dort werden die Sinne wachsam und geschärft, weil sich das Leben auf das Wesentliche reduziert.

Ich führte die beiden in mein Reich hinein, nur ein paar Schritte, damit sie wussten, dass es das Land gab und es kein unwirtlicher Ort war. Sie fühlten den Sand unter den Füßen und nahmen ihn in ihre Hände. Unaufhaltsam rieselte er hinab. Sie ballten die Fäuste und trotzdem fand der feine Sand seinen Weg hinaus. Da wurde ihnen bewusst, was sie verloren hatten: Zeit. Sie trauerten um die Zeit, die ihnen durch die Krankheit genommen worden war und genommen werden würde, ein Verlust, den man nicht aufhalten konnte.

Susanne wollte tiefer in das Wüstenland ziehen, aber Thomas hielt sie zurück. Sie sollte sich an die flatternden Zielbänder erinnern, mahnte er, es sei nicht an der Zeit, in diesem Land zu verweilen.

Ich gab ihm recht. Sie sollten wissen, dass es mein Land gab und dass sie hier ihre beraubte Zeit betrauern konnten, aber sie durften jetzt nicht sesshaft werden. Sie sollten wissen, dass hier Bäume wuchsen, die selbst in der Trockenheit Wasser und Halt fanden. Sie sollten wissen, dass in der Dunkelheit der Morgenstern funkelte und den Sonnenaufgang ankündigte. Auf die Nacht folgt der Tag, das ist ein Gesetz, und die Sonne wird niemals ihren Aufgang umkehren.

Wir kuschelten uns auf das weiße Sofa und Sandkörner rieselten aus den Falten meines Gewandes. Ich fegte sie hinunter und stimmte den Vers an, der den beiden so wichtig war.

„So wie das Licht bei Sonnenaufgang hervorbricht, wird auch deine Heilung rasche Fortschritte machen."

Ich gebe deinem Verlust einen Wert, denn ich bin die Trauer und meine es gut mit euch.

5. *Lebenswund*

Die Rettungskapsel

In unserem Garten sieht es aus, als hätte es Konfetti geregnet! Tulpen, Osterglocken, Hyazinthen, Schlüsselblümchen und Veilchen stupsen mit ihren bunten Köpfchen gegen die Erdschicht. Erst im wärmenden Sonnenlicht strecken sie sich und entfalten ihre Blütenblätter. Die Pflanzen kennen ihren Zeitplan und deuten die Zeichen der Natur, aber ich habe mich verschätzt. Dabei habe ich eine Blumenseele. Mein Name bedeutet im Hebräischen Lilie. Thomas schrieb mir in seiner Verliebtheit ein Gedicht, in dem ich seine Lilie bin und er mein Lil.

Ich freue mich an den ersten Anzeichen von Wärme und Licht, beginne mich zu strecken und will mich entfalten.

Doch diesmal freue ich mich zu früh am vermeintlichen Therapieende. Der Oberarzt meldet sich am Telefon und meint, dass er sich aus Sicherheitsgründen für eine Strahlentherapie entschieden habe. Ich muss für einige Zeit mehrmals die Woche zur Behandlung in die Klinik kommen. Die Prozedur ist nicht schmerzhaft, aber unheimlich, fremd und bedrohlich.

Weil wir keine Betreuung für die Kinder finden, nehme ich sie zur Strahlentherapie mit und packe Spielzeug und Brotzeit in ihre kleinen Rucksäcke. Wir müssen eine lange Rampe hinunterlaufen, bis wir die Kellerräume der Klinik erreichen. Mit Jubelgeschrei flitzen die Kinder die Rampe entlang und ich rufe: „Nicht so schnell! Passt auf! Nicht so laut!“

Außer Atem und mit roten Bäckchen stehen sie vor der schweren Eisentür und warten auf mich.

„Hau ruck!“, kommandiere ich und wir ziehen gemeinsam an der wuchtigen Eisentür.

„Pssst!“ Ich lege meinen Finger an die Lippen. Im Warteraum sitzen ältere Leute und ich habe Sorge, dass sie sich von der Lebhaftigkeit meiner Buben gestört fühlen, aber mit Eduard und Ferdinand geht die Sonne in den Kellerräumen auf. Die Patienten schauen uns an und lächeln. Sie suchen Kontakt zu den Kindern, beugen sich hinab und bestaunen Plastikbagger und Kuscheltier. Dabei machen sie die Geräusche einer Baumaschine oder eines Elefanten nach. Die Lebhaftigkeit der Kinder vertreibt für kurze Zeit den Kummer, den Tumorpatienten in sich tragen. Selbst das Personal blüht auf, wenn sie meine Kinder an der Hand fassen und sie in den Kontrollraum führen. Sie nehmen mir die Kleinen ab, damit ich mich ausziehen kann. Ich husche halb nackt durch den Therapieraum und zwänge mich in den Linearbeschleuniger. Der Kontrollraum schwebt wie ein Raumschiff über mir. Signallämpchen leuchten und Warntöne erschallen. Hinter dem dicken Glas sehe ich die konzentrierten Blicke des Personals und die neugierigen Gesichter meiner Söhne. Sie hocken auf dem Schoß der Schwester und mümmeln an ihrer Brotzeit. Für sie ist das ein Abenteuer. Für mich auch. Ich steige in den Linearbeschleuniger wie in eine Rettungskapsel, rühre mich nicht, halte die Luft an und zähle die Sekunden, bis die radioaktiven Teilchen abgeschossen werden. Die Therapie ist weder sichtbar noch spürbar, und trotzdem setzt sie Heilungsprozesse in Gang. Mit dem Glauben verhält es sich ähnlich: Ich sehe nichts, fühle nichts und trotzdem wirken Himmelskräfte in mir.

Ich muss mich so oft in die Rettungskapsel legen, dass die Angestellten und Patienten meine Kinder mit Namen begrüßen. Ferdinand referiert im Wartezimmer über Frontlader und Kipplaster. Eduard reicht sein Wurstbrot herum. Lachend lehnt man seine Großzügigkeit ab, aber dankbar nehmen sie die Unbeschwertheit an, die Kinder verteilen, weil sie sind, wie sie sind. Nach dem letzten Besuch in meiner Rettungskapsel gelingt es meinen Jungs, die schwere Tür alleine aufzustemmen. Sie stapfen die Kellerrampe empor und warten brav auf dem Gehweg. Ich hetze, tanze, fliege ihnen hinterher und sehe, wie die Frühlingssonne Heiligenscheine um ihre blonden Köpfe malt. Es ist eine wärmende Sonne. Endlich.

Wir haben die Mission „Überleben“ bewältigt und ich darf auf meinen Heimatplaneten zurückkehren, zurück in den Garten mit den Frühlingsblühern und zurück in unseren Familienalltag. Wenn das Leben auf das Nötigste reduziert wird, dann werden die gelungenen Alltäglichkeiten zum Fest.

Wie jeder Absolvent einer gefährlichen Mission erhalte auch ich Glückwünsche. Meine Ärzte gratulieren mir, dass der Tumor nur noch aus inaktivem Narbengewebe besteht. Man sei zuversichtlich ob der guten Prognose und wünsche mir und meiner Familie das Beste.

Wir jubeln und tanzen und genießen die Leichtigkeit, die gute Nachrichten auslösen. Das werden wir feiern mit unserer Familie, mit Freunden und Nachbarn! Aber nicht jetzt, sondern im Sommer. Unsere Wohnung ist zu klein für all die lieben Menschen, die uns geholfen haben. Ja, wenn Männertreu,

Malven und Mohn blühen, werden wir feiern. Thomas und seine Freunde werden Musik machen und ich bereite Antipasti zu. Zuvor muss ich aber noch den Sandkasten herrichten und das Spielhaus streichen und Lampions basteln. Die Lebensfreude soll sich austoben, nachdem sie wochenlang stumm neben uns herlief.

Thomas bremst meinen Tatendrang aus. Er will, dass ich zur Rehabilitation fahre, mich von den anstrengenden Therapien erhole und wieder zu Kräften komme. Ich will nicht. Ich will nicht von meiner kleinen Familie getrennt sein, doch alle um mich herum führen so gute Argumente an, die ich nicht widerlegen kann.

Thomas: „Du brauchst Zeit für dich."

Meine Eltern: „Wir nehmen die Kinder. Sie werden eine schöne Zeit bei uns haben."

Freunde: „Du musst dich drei Wochen nicht um den Haushalt kümmern."

Die Hausärztin: „Sporttherapie stärkt Ihr Immunsystem."

Die Psychologin: „Auch die Seele braucht Zeit, um alles zu verarbeiten."

Sie haben recht, doch das beste Argument ist, dass es den Kindern bei ihren Großeltern gut gehen wird. Sie haben Geduld und werden Sandförmchenkuchen verkosten. Sie haben Fantasie und werden Kleckerburgen bestaunen. Sie haben Ausdauer und werden Stöckchen sammeln, Geschichten vorlesen und Gute-Nacht-Lieder singen.

Ich lasse mich überzeugen und packe unsere Sachen.

Mit jedem Kleidungsstück, das ich in meinen Koffer lege, steigt die Vorfreude auf meine verordnete Auszeit. Selbst

Thomas freut sich, die nächsten drei Wochen ohne uns, aber mit seinen zwölf Gitarren zu verbringen. Er lebt in einem musikalischen Harem. Mit geschwungenen Hüften, schmalen Taillen und schlanken Hälsen stehen sie in unserer Wohnung und zu jeder hat er eine sinnliche Beziehung. Die temperamentvolle Flamencogitarre weckt seine Leidenschaft, die Jazzgitarre lässt ihn querdenken, die Zwölfsaitige provoziert ihn, die Klassische verführt ihn und mit der elektrischen Fender lässt er es krachen. Er wird uns vermissen, aber er wird nicht einsam sein.

Bevor er sich um seine Gitarren kümmert, wird er uns quer durch Deutschland fahren, die Kinder in den Norden und mich in den Osten. Sechshundertfünfzig Kilometer werden wir voneinander entfernt sein. Schaffen das die Kinder? Gewiss! Schaffe ich das?

Mir fällt das Lied der Kindersendung ein, die Ferdinand so gern schaut. Da trällert Bob, der Baumeister: „Können wir das schaffen?" Und alle seine Helfer antworten: „Ja, wir schaffen das!" Ferdinand singt das kleine Lied unermüdlich. Es ist ein langer Ohrwurm, der sich durch meinen Kopf windet und mich daran erinnert, dass mit meinem Gott nichts unmöglich ist. Wir schaffen das und dann werden wir gestärkt in den Alltag zurückkehren.

Turbulenzen

Die Kinder liegen in ihren Bettchen und auch wir nutzen die Mittagsschwere für eine Packpause. Thomas döst auf dem Sofa und ich sitze im Sessel. Jazz-Musik schwebt durch das Wohnzimmer und ich träume mit den Tönen.

„Irgendetwas ist komisch." Thomas richtet sich auf und seine Hand tastet die Höhle unter seinen Achseln ab.

„Was denn?"

„Hm? Ich habe so Knötchen hier und hier."

„Vielleicht hast du einen Infekt und dein Lymphsystem arbeitet auf Hochtouren."

Ich gehe zu ihm und drücke meine Fingerkuppen vorsichtig an seinen Hals. Er hat sich nicht rasiert und die Bartstoppeln kitzeln meine Finger, die Verdickung unter seinem Kiefer fühle ich sofort.

„Sind dir noch mehr Beulen aufgefallen?"

Er zieht seine Hose aus und tastet die Leistengegend ab. Ich sehe die roten Punkte auf seiner Haut. Mückenstiche? Unmöglich, es ist Frühjahr. Windpocken? Nein, die hatte er schon, außerdem sehen die Flecken wie tätowiert aus.

Er kommentiert: „Hier sind die Beulen sogar noch größer. Was kann das sein?"

Um Spekulationen den Raum zu nehmen, lässt Thomas sich von unserer Hausärztin untersuchen. Sie ist gründlich und zieht einen Kollegen hinzu. Wir brauchen Sicherheit und die will sie uns geben. Die Ergebnisse erfahren wir in drei Tagen. Selbstverständlich sollen wir unsere Reise antreten.

Ich stopfe die letzten Sachen in unsere Koffer und diskutiere mit den vielen Stimmen in meinem Kopf.

„Es ist nur ein Infekt, mach dir keine Sorgen."

„Geschwollene Lymphknoten sind bedenklich."

„Der Ausschlag kommt von der Anspannung der letzten Wochen."

„Euer Haus ist verseucht. Thomas hat Krebs und die Kinder werden ihn auch bekommen."

„Gott ist dein Heil und dein Licht."

Es krakeelt in meinem Inneren und ich versuche, auf die friedliche und hoffnungsvolle Stimme zu hören. Sie ist so leise. Ich muss stehen bleiben und die Augen schließen, um sie zu hören. Sie ist nur ein Hauch, den ich einzufangen versuche, während ich über unsere Umstände stolpere.

„Kein Unglück wird sich deinem Haus nahen."

Da, das ist sie wieder! Ich will sie festhalten und in meine Seele schließen, doch zeitgleich grätscht eine andere Stimme dazwischen: „Das Unglück ist schon vor Wochen in dein Haus gezogen. Es hat sich eingenistet und tobt sich jetzt aus."

Ja. Nein. Wo ist die vertrauensvolle Stimme? Ich wühle mich durch das Reisegepäck, reiße Shirt und Hosen heraus und krame nach dem kleinen Buch, aus dem ich die Stimme kenne. Ich ziehe es hervor und meine Sportkleidung verteilt sich im Raum. Das feine Papier des fünfhundert Seiten dicken Buches klebt aneinander, aber ich weiß, wo ich suchen muss. In der Mitte der Bibel, bei Psalm 91. Die Überschrift lautet: Unter Gottes Schutz. Der Schreiber aus der Antike spricht davon, dass Gott uns beschützt, und findet viele Beispiele. Er sei sicher wie eine Burg, bei ihm könne man sich bergen wie die Küken bei der Henne oder wie unter dem Schild einer Rüstung. Es werden Schlangen, Löwen und spitze Steine genannt, die in Gottes Gegenwart gefahrlos sind. Der letzte Satz lautet: „Ich, Gott, gebe dir ein langes und erfülltes Leben!"

Den krakeelenden Stimmen geht die Luft aus. Zu meinem ersten Ohrwurm gesellt sich ein zweiter, der sanftmütig bestärkt: „Können wir das schaffen? Ja, wir schaffen das, denn Gott beschützt uns und schenkt uns ein langes Leben."

Der Ohrwurm entwickelt sich zu einem Reptil – eine Schlange, die wie bei dem Computerspiel *Snake* wächst. Es ist eine gute, wunderbare, faszinierende Schlange und keine böse aus der Mythologie. Denn je mehr sie futtert, umso länger wird sie. Ich schmeiße ihr die Sorgen, mein Zittern und unsere Unsicherheit vor das Maul. Sie wächst und wächst, weitet und windet sich durch meine Seele und verbindet Hirn und Herz mit dem Satz: „Gott beschützt uns und schenkt uns ein langes Leben."

Meine Eltern begrüßen uns mit Streuselkuchen und heißem Kaffee. Sie haben alles liebevoll vorbereitet. Ich erkenne die Spielsachen aus meinen Kindertagen wieder, die Puppe, den Holztraktor, die Märchenhörspiele und die bunte Bettwäsche mit den Marienkäfern. Aus einem kaputten Regenfass hat mein Papa einen Sandkasten gebaut und wie bei einer Polonaise haben sich die Plastikindianer aus den 1970er-Jahren aufgereiht. Die vielen Jahre haben die Krieger gebleicht, aber ich erinnere mich ganz genau, wie viel Spaß ich mit meinem Bruder hatte, wenn wir im Sandkasten Winnetou spielten. Ich weiß, dass auch unsere Söhne hier viel Freude haben werden. Am liebsten würde ich bei ihnen bleiben und mich in ihren Alltag versenken, der wunderbar leicht und besonders ist. Wir könnten Milchreis kochen, Blumen pflücken und Steine in den Fluss werfen. Mühsam krame ich die vernünftigen Argumente hervor, warum mir eine Reha guttun wird. Kann ich das schaffen? Ja, ich schaffe das.

Aus der Bahn geworfen

Noch einmal Kaffeetrinken, noch einmal Frühstücken, in zwölf Stunden werden wir unseren zwei Buben einen Abschiedskuss auf ihre Pausbäckchen drücken. Doch es kommt alles anders. Während wir Streuselkuchen essen, klingelt Thomas' Handy. Ich versuche, aus seinen Worten den Zusammenhang zu erfassen.

„Hallo. – Sofort? Das geht nicht. Ich bin über sechshundertfünfzig Kilometer von der Klinik entfernt. – Verstehe. – Ja, bis morgen früh."

Die Spannung wölbt sich wie eine Stahlkuppel über uns und beginnt, den Himmel zu verdunkeln. Das Gespräch verheißt nichts Gutes und die Vorahnungen sind wie Nieten, die durch den Stahl getrieben werden. Es knallt und quietscht in meinem Inneren. Als Thomas sagt, dass das die Ärztin war und ihm den Befund Leukämie mitgeteilt hat, bin ich in der Dunkelheit der Stahlkuppel gefangen. Ich hämmere gegen das Metall und meine Seele brüllt: Das kann nicht sein! Ich zerre an den Nieten. Nichts passiert. Nur meine Fingernägel brechen an den scharfen Kanten ab. Ich bin gefangen in einer schlechten Botschaft und von außen feixt es: „Kein Unglück wird sich deinem Haus nahen?"

Die Diagnose Leukämie ist eine stählerne Glocke über unserer Kaffeetafel. Uns ist der Appetit vergangen, während die Kinder das zweite Stück Kuchen in ihren Mund stopfen. Eduard isst mit Vergnügen und Leidenschaft, die spuckefeuchten Zuckerkrümel haften an seinen Wangen und an der Stirn. Meine Mutter zerkleinert das Kuchenstück mit der Gabel für Ferdinand. Er protestiert: „Alleine!"

Seine Stimme klingt weit weg, dabei sitzt er neben uns, aber nicht unter der Glocke, und das soll auch so bleiben.

In Extremsituationen reagiert man erstaunlich besonnen. Wir sortieren unsere Gedanken und räumen dabei die Kaffeetafel ab, rufen Freunde an und putzen mit einem feuchten Lappen die Kindergesichter ab, beten mit der Familie und reichen den Jungs ein Spielzeug. Im Miteinander versuchen wir, das Ungetüm zu demontieren. Wir klopfen gegen die Nieten und reißen an den Stahlbändern, die unser Herz vor Schreck eingeschnürt haben, und gleichzeitig wollen wir die Kleinen nicht mit dem Schrott belasten.

„Wa matu da?", fragt Eduard und zupft am Hosenbein seines Papas.

„Wir überlegen", sagt Thomas. Zufrieden stapft er davon. Seinen Plüschelefanten zieht er am Rüssel hinter sich her.

„Morgen früh sollen wir in München sein?", frage ich, Thomas nickt und schweigt.

„Aber dann müssen wir heute Abend schon losfahren ..."

Schon wieder werden unsere Pläne durcheinandergebracht. Schon wieder wird uns die Zeit gestohlen. Ich fahre nicht zur Rehabilitation, sondern werde Thomas in die Klinik bringen, die ich kurz zuvor verlassen habe.

Der plötzliche und ungewisse Abschied tut weh und trotzdem scherzen wir. Ferdinand sitzt auf den Schultern seines Großpapas und winkt uns vergnügt zu. Meine Mutter hält Eduard im Arm und er wirft uns Kusshändchen hinterher. Immer wieder schaue ich in den Rückspiegel, bis sie nur noch kleine, bunte Flecken sind und ich mich auf den Verkehr vor mir konzentrieren muss. Ja, wir müssen uns mit aller Kraft darauf konzentrieren, was vor uns liegt.

Momentan sind es sieben Stunden Fahrt, sechshundertfünfzig Kilometer und ein Telefonat mit Thomas' Eltern. Ihm bangt vor dem Gespräch. Seine Mutter wird sich große Sorgen machen und sich daran erinnern, dass der Nachbarssohn an Leukämie gestorben ist. Erschreckend viele Menschen erkranken rund um Schweinfurt an Blutkrebs, aber das Atomkraftwerk sei nicht schuld, sagen die Betreiber. Thomas zögert das Gespräch hinaus, denn er hat sich auf die Zunge gebissen und die Blutung lässt sich nicht stoppen. Stundenlang ist er beschäftigt, mit Eiswürfeln die Wunde zu besänftigen und blutigen Speichel mit Taschentüchern aufzusaugen. Ich fahre und wir schweigen. An Raststellen halten wir nur kurz, um aufs Klo zu gehen und den Eiswürfelvorrat aufzufüllen.

Kilometer um Kilometer, Stunde um Stunde bringen wir hinter uns. Die Zeit, die Entfernung und die Ereignisse verzerren die Realität und meinen Glauben. Ich starre auf die Autobahn, der Wagen fährt wie von selbst und ich lese nebenbei die Wörter auf den blauen Schildern am Straßenrand: Leipzig, Hof, Nürnberg, München, oder die braunen Anzeigetafeln mit den Freizeittipps: Eremitage, Felsenlabyrinth, Dinosauriermuseum. Wenn Thomas' entartete Zellen ausgestorben sind, werden wir ins Altmühltal fahren und Fußabdrücke von Sauriern bestaunen. Wenn er gesund ist, werden wir auf diese Zeit zurückschauen wie Prähistoriker auf versteinerte Korallen und fossile Schlammwürmer. Mein Schlangenohrwurm surrt: „Gott gibt euch ein langes und erfülltes Leben. Ja, wir schaffen das!"

Déjà-vu

Wir liegen eng umschlungen, Bauch an Rücken, in unserem Ehebett. Heute Nacht werden keine kleinen Menschen unter unsere Decke krabbeln. Wir sind dankbar, dass wir uns nicht um die Kinder kümmern müssen. Die anstrengende Fahrt und die rasenden Gedanken über Leukämie haben uns müde gemacht. Wir suchen die Nähe zueinander wie verwaiste Geschwister und nicht wie ein Liebespaar. Thomas' Atem streift meinen Nacken, sein Arm liegt auf meiner Hüfte und sein Herzschlag pulsiert an meinem Rücken. Es schlägt. Es schlägt unermüdlich mit siebzig Schlägen pro Minute und pumpt dabei siebzig Milliliter Blut durch den Körper. Das sind an einem Tag siebentausend Liter, so viel wie sechzig Vollbäder. Unfassbar, was das Herz leistet ... und wir schenken diesem kleinen Muskel erst Beachtung, wenn er nicht so treu seinen Dienst tut. Würden Wissenschaftler versuchen, eine Maschine zu bauen, die so komplex wie unser Körper wäre, wäre sie ständig defekt. Unser Körper besitzt die Fähigkeit, sich zu reparieren, und manchmal braucht er dafür medizinische Unterstützung. Wir sollten uns viel mehr wundern über das Wunder Mensch.

Neurologen haben entdeckt, dass es in unserem Hirn ein Areal für die Wahrnehmung von Spiritualität gibt. Die Ahnung von Ewigkeit wurde uns nicht nur ins geistliche Herz gelegt, sondern auch in den realen Parietallappen des Großhirns.

Ich mag die Naturwissenschaftler, denn sie geben zu, wenn sie etwas nicht wissen, weil es nicht erforscht wurde oder noch nicht nachweisbar ist. Es beruhigt mich, dass sogar in meinem Hirn Platz ist, um Gotteserfahrungen zu machen. Körper, Seele und Geist sind miteinander verwoben und die Erlebnisse des einen haben Auswirkungen auf die anderen.

Vielleicht sind es jetzt nur noch sechzig Schläge pro Minute, die ich an meinem Rücken spüre. Thomas' Körper hat die Turbulenzen des Tages hinter sich gelassen und ist in die Ruhe der Nacht geglitten. Er schläft und sein Herz arbeitet etwas langsamer. Der Rhythmus bringt meine Gedanken zur Ruhe und unser Atmen synchronisiert sich. Wir sind verschmolzen. Gemeinsam werden wir auch diese Zeit überstehen. Können wir das schaffen? Ja, wir schaffen das mit Gottes Hilfe.

Am Morgen bin ich angriffslustig. Was wir einmal überstanden haben, werden wir auch ein zweites Mal überstehen! Ich will jetzt die Ergebnisse der Diagnostik sehen, verlange nach Auskunft über Prognose, Therapie, Nebenwirkungen und Zeitdauer. Ich bin keine brave Patientin mehr, sondern eine kampfbereite Angehörige. Inzwischen verstehen wir viele Fachtermini und lassen uns nicht einschüchtern. Kurzzeitig habe ich überlegt, ob wir auf Mitleid setzen und uns dadurch kleine Vorteile verschaffen könnten. Doch wir wollen mutig und ehrlich sein, weil wir wollen, dass auch die Ärzte mutig und ehrlich sind. Außerdem kann ich sie nicht leiden, die Jammerlappen und Heulsusen, die Quengelheinis und Nörgeltanten. Die über zu lange Wartezeiten und unbequeme Stühle schimpfen, zu warmes oder zu kaltes Trinkwasser, zu kräftige oder zu lasche Berührungen, zu viel oder zu wenig Informationen. Weder Zeit noch Energie darf an solchen Unannehmlichkeiten verloren gehen.

Wir stapfen die vertrauten Flure entlang auf der Suche nach dem korrekten Namen der Diagnose. Erst führen wir ein Gespräch im Untergeschoss, dann geht es zu einer Untersuchung im Nebengebäude, um wiederum die Auswertung im Obergeschoss zu erfahren. Thomas' Rumpelstilzchen heißt Akute Myeloische Leukämie.

Wir kennen uns in der Klinik so gut aus, dass wir herumirrenden Besuchern den Weg zeigen. Wir empfehlen die nächste Toilette und weisen auf Abkürzungen durch Seitentüren in den Innenhof, wo alte Bäume für etwas Grün sorgen.

Eine Platane streckt im Hof ihre Zweige aus. Dort am Stamm stehen Bänke, und wann immer wir Wartezeiten aushalten müssen, setzen wir uns unter das grüne Blätterdach. Ich berühre den Stamm und die sich ablösende Borke. Die Rinde darunter ist hell und glatt. Der Baum häutet sich, weil er wächst. Wie alt wird er sein, vielleicht hundert oder hundertfünfzig Jahre? Er stand schon hier, als der Grundstein für das Krankenhaus gelegt wurde. Er stand schon hier, bevor man über Keime und Hygiene Bescheid wusste. Er stand hier, bevor das Penizillin entwickelt wurde. Früher starb man schneller. Mütter starben im Wochenbett, Kinder an Unterernährung und Erwachsene an Entzündungen und Durchfall.

Ich zerbrösle ein Stück Borke und lass es durch meine Finger rieseln. Thomas lehnt seinen Hinterkopf an den Stamm und döst.

„Was wohl die Kinder machen?", überlege ich.

„Im Sandkasten spielen oder mit Kreide malen oder Sand und Kreide essen."

Wir grinsen uns an, denn jeder hat das gleiche Bild vor Augen: Eduard lutscht an der Kreide. Krümel kleben an seinen Bäckchen, während Ferdinand nach Großmutti brüllt: „Eduard isst Kreide, wie der böse Wolf von den sieben Geißlein."

Ihre Stimmen hallen in unseren Herzen und die Erinnerung ihrer Berührungen verweilt auf unserer Haut. Wir vermissen sie. Jeden Tag telefoniere ich mit meiner Mutter. Sie erzählt mir ganz genau, wie die Kinder geschlafen und was sie gegessen haben, womit sie spielen und wie viel Spaß sie haben, welche Wörter Eduard gelernt hat und welche Witze Ferdinand macht. Die Kinder erleben ihre neunzigjährige Uroma. Gemeinsam spielen sie Ball. Für meine alte Oma ist das Fangen genauso herausfordernd wie für die Kleinen. Während Kinder ihre Grenzen immer weiter stecken, ziehen ein hohes Alter und Krankheit die Grenzen enger um unseren Körper. Die Kinder sind laut, weil sie so viel Energie haben. Die Uroma redet laut, weil sie schwerhörig ist. Die Kinder bummeln beim Spaziergang, weil es so viel zu entdecken gibt. Die Uroma bleibt ständig stehen, weil Reden und Laufen nicht mehr gleichzeitig funktionieren. Die Kindheit und das hohe Alter lösen sich von den Zwängen aus Zeit und Tempo.

Wir verlassen unsere Platanenbank für das alles entscheidende Gespräch mit dem Experten. Nach den vielen Untersuchungen ist Thomas' Akte zu einem Wälzer angeschwollen. Der Experte muss sie in beide Hände nehmen, um sie auf seinen Schreibtisch zu wuchten. Er blättert und wir sitzen wie zwei Schulkinder auf den harten Stühlen, während der Experte im großen Bürostuhl vor und zurück wippt. Er erzählt und wir hören zu. Wir fragen und er erklärt. Er händigt uns Broschüren und Zettel mit Informationen aus, damit Thomas optimal auf die Therapie vorbereitet ist. Man wolle so schnell wie möglich beginnen. Am besten bleibt Thomas in der Klinik. Ich könne ihm seine persönlichen Sachen bringen.

„Das ist doch kein Problem?" Mit gekräuselter Stirn schaut mich der Experte an.

Ich schüttle den Kopf.

„Es ist eine sehr aggressive Leukämie, wir müssen schnell handeln, um Erfolg zu haben."

Thomas streckt sich auf dem harten Stuhl und stellt die Frage, die wir lange unterdrückt haben: „Wie ist meine Prognose?"

„Nun ja, wenn die Chemotherapie und Bestrahlung anschlagen, dann haben Sie gute Chancen. Das kann man nicht in Prozent sagen, jeder Patient reagiert anders. Aber je hoffnungsvoller Sie sind, umso besser schlägt die Therapie an." Er schließt die Akte und sieht uns eindringlich an. „Sie wissen doch, die Hoffnung stirbt zuletzt."

Die Hoffnung stirbt? Ich dachte, sie sei ewig.

Mutanfall

Ich bin wieder Thomas' Roadie und schleppe Gitarre, Laptop, Kopfhörer und Kabel. Früher hatte ich ihn zu seinen Auftritten begleitet, trug Stative und Kisten mit Kabel. Erst rollte ich Mikro- und Klinkekabel ab und nach dem Konzert wieder auf. Wenn kein Zuhörer mehr im Saal war, kniete ich auf dem klebrigen Boden und pfriemelte Gaffatape ab.

„Ich bin dein Roadie", sagte ich und betrachtete meine schmutzigen Hände.

„Du bist der hübscheste Roadie, den es gibt", antwortete er und gab mir einen Kuss.

Jetzt versuche ich nicht nur sein Equipment, sondern auch Kleidung, Bücher, Waschzeug und Gymnastikmatte auf einmal zu transportieren. Dafür habe ich unsere Sackkarre genommen. Warum gibt es in Krankenhäusern keine Gepäckwagen wie auf Flughäfen oder in Hotels? Die Leute schauen mich neugierig an, wie ich schwer beladen durch die Gänge zuckele, als würde ich meinen gesamten Hausstand transportieren. Es stört mich nicht.

Meinen Umzug von Brandenburg nach Bayern habe ich mit dem Zug gemacht. Ich trug einen Rucksack vor dem Bauch und einen auf dem Rücken, hatte eine Umhängetasche und einen Koffer, in der freien Hand zog ich ein Wägelchen, das meine Oma sonst für ihren Einkauf verwendete. Ich habe Übung im Schleppen von Taschen und als Mutter bin ich Spezialistin im Tragen von kostbarer Last.

Thomas ist in einem Dreierzimmer, aber ein Bett ist unbelegt. Sein Mitpatient ist ein junger Mann. Er ist Profi, weil er schon viele Chemotherapien hinter sich hat. Seine Medikamente schluckt er wie Smarties und mit dem Pflegepersonal spricht er wie mit Kumpels. Er redet über seine Körperfunktionen und Ausscheidungen wie andere über das Wetter. Seine Ungeniertheit ist befreiend. Die zwei Männer lachen viel und ich bin froh, dass Humor und Hoffnung die Atmosphäre bestimmen. Ich habe das Gefühl, dass die Pfleger und Schwestern gern in das Männerzimmer gehen, als würden sie sich dort eine Portion Humor abholen, um den harten Arbeitstag zu überstehen.

„Na, meine Herren? Falls die Trockenheit im Mund unangenehm ist, können sie das hier nehmen."

Die Schwester stellt jedem eine kleine Sprühdose auf den Nachttisch.

„Was ist das?", fragt Thomas.

Der Profi antwortet: „Spucke aus der Dose."

„Ah, haben Sie die selbst hergestellt?", neckt Thomas.

Die Schwester lacht. „Ja, das machen wir in der Nachtschicht."

Die Männer prosten sich zu und sprühen den synthetischen Speichel in ihren Mund. Der Profi hat nichts dagegen, dass ich überall Kinderfotos aufstelle und Zeichnungen von den Jungs an die Wand hefte. Meine Mutter hatte die neuesten Werke mit der Post geschickt. Eduards Krickelkrakel trägt den Titel „Feuerwerk" und die vier Kopffüßler von Ferdinand heißen „Wir". Ich betrachte die Bilder und bin fasziniert. Jedes Kind auf der Welt, egal in welcher Kultur es aufwächst, durchläuft die gleiche Malentwicklung. Kreise, Schlaufen, Punkte, riesige Köpfe mit Gliedmaßen, Körperteilen und Details. Ferdinands

Kopffüßler sind entzückend. Die Münder seiner Figuren lachen von einem Ohr zum anderen. Schön, dass er die Welt so wahrnimmt – fröhlich und bunt.

Die Fotos und Bilder verscheuchen das sterile Krankenhausweiß. Ein Foto hat noch keinen Platz gefunden. Es zeigt uns als frisch verheiratetes Paar, es ist zu privat, um es an die Wand zu hängen. Ich lege es zwischen die Seiten der Bibel.

„Weißt du, was in drei Wochen ist?", frage ich Thomas.

„Die erste Chemo ist vorbei, ich trage Glatze und bin auf dem Weg der Heilung."

„Nein, doch, ja, natürlich, aber das meine ich nicht. Überlege mal, welches Datum wir dann haben."

Ich wedle mit meiner rechten Hand vor seinem Gesicht und wackle mit meinem Ringfinger. Er nimmt meine Hand und küsst sie.

„In guten wie in schlechten Tagen", sage ich zu ihm.

„Unser zehnter Hochzeitstag! Und ich bin im Krankenhaus. Wir können ihn nicht feiern."

„Doch, wir können."

„Wie?"

„Weiß ich noch nicht, aber ich lasse mir von einer Krankheit nicht vorschreiben, ob und wann und wie ich Feste feiere."

Er hält noch immer meine Hand und zieht mich nun zu sich. Wir umarmen uns und mein Ohr liegt auf seiner Brust. Sein Herz pocht gleichmäßig wie ein Metronom. Ba-bum. Ba-bum. Ba-bum. Wir schaffen das! Wir schaffen das! Wir schaffen das – mit Gottes Hilfe!

Ich bin ganz tapfer, als ich das Patientenzimmer verlasse. Ich schicke Küsse zu Thomas, winke, lächle und wackle mit den

Hüften, bis sich die Fahrstuhltür schließt und mein lieber Mann verschwindet. Ich reiße mich zusammen und erst im Auto weine ich, bis die Parkuhr abgelaufen ist. Ich brauche mich nicht zu beeilen. Es wartet keiner auf mich, weder Kinder noch Mann. Was mache ich jetzt? Zu einer Freundin fahren? Nein, ich will nicht reden. Essen kaufen? Ich habe keinen Hunger. Spazieren gehen? Das ist nur zu zweit schön.

Ich starte den Wagen und fahre nach Hause, weil ich mich an jedem anderen Ort noch verlorener fühlen würde als ohnehin schon.

Die Frühlingsblüher lassen ihre Köpfchen hängen. Ich fühle mit ihnen. Der Garten braucht Fürsorge, ich müsste den Rasen ausharken und Unkraut aus dem Blumenbeet zupfen. Das Holz des Sandkastens ist verwittert. Thomas wollte ihn nach meiner Reha erneuern. Nun modert das Holz im feuchten Sand. Wahrscheinlich hat die Nachbarskatze ihn als Klo benutzt. Dieses Vieh, das unsere Singvögel frisst und in die Blumenbeete scheißt. Ich trete mit dem Fuß gegen die Einfassung des Sandkastens. Es kracht und das Holz splittert. Verflixt noch mal, warum geht hier alles kaputt?

Ich schlüpfe in meine alten Klamotten. Sie tragen Spuren von der letzten Renovierung. Sie sind wie eine Landkarte durch die Zeit. Die orangefarbenen Spritzer stammen aus unserer Zweizimmerwohnung in München.

„Ich hole die Sonne in die Dachkammer“, sagte ich zu Thomas, als ich die Wände strich.

„Oh, das ist aber sehr orange.“

„Die Farbe heißt 02.00.0.2.“

„Ja, dann.“

Das Weiß auf meiner Arbeitsjeans hinterließ der Lack, mit dem ich den Esstisch strich. Wir haben lange nach diesem alten, robusten Tisch gesucht, der sich ausziehen lässt. Ich wollte keinen modernen Stahl-Glas-Tisch, ich wollte massive Holzmöbel, die die Spuren der Zeit tragen. Wenn ein Möbelstück nicht passte, machte ich es mir passend. Ich liebe es zu zimmern, zu schleifen und zu streichen. Schließlich bin ich eine Schreinerstochter. Wenn mein Gitarrenliebhaber aus Sorge vor Verletzungen an seinen Fingern nicht bauen wollte, tat ich es. Ich bohrte Löcher in die Wände und hängte Regale auf. Doch weil ich es mehr nach Gefühl als mit der Wasserwaage tat, übernahm Thomas dann doch kleine Handwerksarbeiten. Das Streichen blieb mein Arbeitsfeld. Gelb und Grün sind die Farben des Kinderzimmers, die Flecken auf meinem Hinterteil beweisen es.

In meiner gescheckten Kluft gehe ich zurück in den Garten und schultere Spitzhacke und Axt. Der kaputte Sandkasten muss weg. Ich schwinge die Spitzhacke bis über meinen Kopf und lasse sie herunterkrachen. Wieder und wieder. Manchmal verkantet sie sich zwischen Wurzeln und ich zerre am Stiel. Die Arme schmerzen, die Handflächen brennen und Schweiß läuft mir den Rücken runter. Ich sollte mich nicht überanstrengen, mahnt eine Stimme.

„Ich sollte mich nicht überanstrengen?“, äffe ich sie nach. „Ich würde mich ja gern ausruhen, aber unser Leben ist eine Katastrophe.“

Die Spitzhacke schlägt auf einen Stein und mir gleitet der Stiel aus den Händen.

„Verflixt! So ein Mist! Kein Unglück soll sich meinem Haus

nahen. Dass ich nicht lache. Gott? Das Unglück hat sich in meine Familie eingenistet und kraucht durch unsere Zellen."

Mein Hals kratzt und die Vögel verlassen bei meinem Gezeter den Garten. Ich sortiere das kaputte Holz aus, harke durch den Sand und will mir keine Pause gönnen. Die Wut hat sich noch nicht vollends ausgetobt, so fahre ich in den Baumarkt und hole Granitsteine. Ein Mann will mir behilflich sein und ich blaffe: „Ich kann das schon allein!"

Zehn und zwanzig Kilo schwere Steine trage ich in den Garten. Wieder und wieder. Meine Nachbarn gucken mich neugierig an und schweigen. Ich lege einen Sandkasten aus Granit an, der wird nicht verwittern wie das Holz. Ich klemme mir die Finger, als ich die Steine übereinanderstelle. Den Schmerz spüre ich nicht, ich fühle nur dieses Reißen in meiner Brust und das Brennen in meinem Bauch.

„Du Schweinehund", zische ich und schaue die Nachbarskatze an, die zurückstarrt. Dabei meine ich nicht sie, sondern das Wesen, das einen Raubzug durch unser Leben führt, das uns alles wegnimmt – Zeit, Entscheidungen, Energie – und eine Fremdherrschaft über uns ausübt.

„Du Schweinehund, ich will unser Leben zurück!" Erschöpft gehe ich in die Knie und setzte mich an den Rand des neuen Sandkastens. Er mutet wie ein Mini-Amphitheater an. Ich betrachte mein Bauwerk und bin stolz, dass ich etwas geschaffen habe. Das erste Mal seit Langem ist etwas Sichtbares unter meinen Händen entstanden. Ich habe einen Ort geschaffen, an dem wir spielen werden, Butterbrot essen und Schmetterlinge beobachten. Die Wut ist anscheinend doch nicht nur zerstörerisch, sie kann auch Energie für Neues freisetzen.

Ich bleibe sitzen und die Nachbarskatze schleicht um meine Beine.

„Wehe, du kackst hier rein", mahne ich und wuschle durch das weiche Fell. Ich nehme sie auf den Arm, sie lässt es geschehen und reibt ihren Kopf an meiner Brust. Die Wärme und Weichheit tun mir gut. Ich stecke meine Nase in ihr Fell. Sie riecht nach Heu und ihr Schnurren rattert an meinem Ohr. Ich halte meinen Finger an ihre Kehle. Die Vibration ihres Schnurrens krabbelt meine Finger entlang. Forscher können nicht erklären, wie eine Katze schnurrt. Womit stellt sie dieses Geräusch her? Sie hat einen eigenen Laut für Wohlbehagen. Ich will auch einen! Mir bleibt meine Ohrenschlange und die surrt: „Wir schaffen das mit Gottes Hilfe und er schenkt uns ein langes Leben."

Ich sitze mit dem Tier auf dem Arm im Garten. Die Blumen haben ihre Blüten geschlossen. Sie sind schlafen gegangen, würde Ferdi sagen. Es ist friedlich um mich herum und es ist auch etwas friedlicher in mir drin geworden.

„So, Katze, ich gehe schlafen."

Das Tier hüpft von meinem Arm und umrundet den neuen Sandkasten. Sie zwängt sich unter dem Zaun hindurch und schleicht über die Wiese, hin und wieder bleibt sie stehen und neigt ihren Kopf, starrt in Mäuselöcher. Sie folgt einfach ihrem Instinkt: im Dunkeln aktiv sein, Revier verteidigen und jagen. Sie tut es, ohne nachzudenken. Ich wünschte, die Hoffnung wäre so tief in mir veranlagt, dass ich zuversichtlich sein könnte, ohne darum kämpfen zu müssen. Aber vielleicht bin ich es ja, denn schließlich richte ich unseren Garten her, damit wir ein Fest feiern können. Dann wird es eine doppelte Dankesparty, weil wir auch diese schwere Zeit sicher überstanden haben.

6. *Die Trauer ist behutsam*

Ich bin die Trauer und bewege mich im Rhythmus des Lebens. Sorge dich nicht, dass dein Leben unter der Trauer verschwindet oder verblasst. Es gibt Zeiten, da werde ich dich besuchen, aber es gibt auch Zeiten, da ziehe ich mich zurück. Wie alles seine Zeit hat, hat auch meine Gegenwart ihren Rhythmus aus Hell und Dunkel, Warm und Kalt, Lachen und Weinen, sich Freuen und Betrauern. Ich sehe die leichten Momente, die du trotz deines Kummers erlebst, und ich werde sie dir nicht nehmen. Ich gönne sie dir von Herzen – die Freude und das Lachen, die das Leben so kostbar machen. Wahrscheinlich erlebst du die schönen Momente jetzt umso intensiver.

Ich möchte, dass du weißt: Ich bin nicht dazu da, dir das Leben schwer zu machen, sondern ich helfe dir, schwere Stunden zu überstehen.

Wenn wir zusammen sind, hast du nicht „die Hoffnung aufgegeben". Es ist ein Irrtum, wenn Menschen sagen, dass Trauern ein Zeichen von Kapitulation oder Unglauben sei.

Wenn die Zeit gekommen ist, zu feiern und zu tanzen, dann ziehe ich mich zurück und freue mich, dass es dir gut geht.

Ich begleite dich

Susanne und Thomas verweilten nur kurz in meinem Land. Sie stapften zurück, um die letzten Therapien zu bewältigen. Und ich feuerte sie an, denn die flatternden Zielbänder kamen in Sichtweite.

Mit jeder verabreichten Strahlendosis wurde Susanne lebendiger. Die Kinder rasten die Rampe zu den Behandlungsräumen hinab und juchzten. Susanne eilte hinterher und vor der schweren Tür schnappte sie sich ein Kind und drehte sich im Kreis.

„Flieg, Engelchen, flieg", rief sie.

Der Kleinste jubelte: „Noch mal, noch mal."

Nach der letzten Sitzung strahlte Susannes Gesicht heller als die Frühlingssonne und die zerrissenen Zielbänder zappelten auf dem Boden und tanzten im Wind. Ich freute mich für die Familie. Endlich waren sie am Ziel. Ich wartete auf sie und stand weit hinter Siegerpodest und Tribüne. Wenn sich die Aufregung gelegt hätte, dann hätte ich sie am Arm in mein Land geführt. Wir hätten uns in einer Oase niedergelassen und ich hätte sie gefragt, wie sie sich fühlt – mit der verpassten Zeit der letzten Monate, der veränderten Familienplanung und ihrem geschwächten Körper.

Stattdessen lehnte ich an einer Platane im Innenhof der Klinik und hörte Thomas und Susanne über Chemotherapie und Stammzelltransplantationen reden. Es waren doch nur Tage vergangen, seit sie das Ziel ihres Marathons erreicht hatten ... und nun standen sie vor einer neuen Herausforderung. Es war mehr als ein Langstreckenlauf. Es war eine Schlacht. Die Wunden des letzten Wettkampfes waren noch nicht verheilt, da wurden sie wie verletzte Gladiatoren in die Arena geschickt, um gegen Bestien zu kämpfen. Jetzt ging es nicht mehr nur um verlorene Zeit, jetzt war es ein Kampf auf Leben und Tod.

In meiner Erregtheit folgte ich Susanne vom Krankenhaus ins Auto und bis in ihren Garten. Ich feuerte sie an, als sie in der Gartenerde wühlte und die Spitzhacke schwang.

Ich bin zwar alt, aber nicht träge und sitze nicht mit Rheumadecke auf dem Sofa, sondern ich bin dort, wo man das Leben spürt. Manchmal ist es eben ein Wutanfall, der in Muskeln und Gelenke zieht, einem den Schweiß auf die Stirn treibt und einen wissen lässt, dass man lebendig ist.

Ich ließ Susanne ihre Wut, denn sie brauchte den Energieschub, um die nächsten Wochen zu überstehen. Die Umstände wogen schwer in ihrer Seele, und je länger die Behandlung andauerte, umso mühseliger wurde es. Immer wieder musste sie innehalten und sich auf den besinnen, der Lasten trägt – Jesus.

Susanne betete und vertraute, dass ihr Kummer von Zuversicht getragen würde. Manchmal war sie verunsichert und verärgert, denn es gab Menschen, die meinten, sie hätte nicht genug Glauben oder sie stände unter einem Fluch. Andere mahnten, dass sie Sünde in ihrem Leben hätte oder dass Gott sie strafen wollte, um sie zu erziehen. Ich schüttelte energisch den Kopf und legte ihr meine Hände auf die Ohren, wenn dumme Worte erschallten. Aber sie wusste, welche Menschen ihr guttaten, und suchte deren Nähe. Dort fand sie Zuspruch und Humor und immer wieder eine Umarmung.

Thomas musste ohne Umarmungen auskommen, sich in Schutzkleidung hüllen, sich mit Desinfektionsmittel einreiben und einen Meter Abstand zu Menschen halten. Aber er fand andere Möglichkeiten, um seinen Lieben nahe zu sein. Er telefonierte, verschickte Videobotschaften und schrieb E-Mails.

Die einzige Geliebte, die er in die Arme nahm, war seine bordeauxfarbene Gitarre. Er spielte viel, nahm sich komplizierte Stücke vor, übte minutenlang die gleichen Takte und zwang seine Finger zur Disziplin. Wenn er müde wurde, kehrte er zu seinen vertrauten Stücken zurück. Sie perlten von den Saiten und schwebten durch den Raum. Das Personal lehnte die Tür nur an, wenn es aus seinem Zimmer kam, damit sich die Musik im Flur ergoss. Es war eine sehr tröstliche Musik. Ich ging ihr nach, sammelte die leiser werdenden Töne ein und bewahrte sie auf.

In meinen Händen geht nichts verloren, ich bin die Trauer und meine es gut mit dir.

7. *Lebenswert*

Fünf Meter Stoff habe ich gebügelt und um meinen Körper geschwungen. Ich habe darauf geachtet, dass die Falten des Saris gleichmäßig fallen, die Goldstickerei gut zu sehen ist und die Sicherheitsnadeln im Unterrock verschwinden. Als ich den Sari vor zehn Jahren trug, half mir eine Inderin beim Ankleiden. Ich war so stolz auf mein besonderes Hochzeitskleid. Thomas kaufte es in Indien, bevor er mich überhaupt kennengelernt hatte. Ihm gefiel die dunkelblaue Seide mit der goldenen Stickerei, er hatte die Idee, dass seine zukünftige Frau das Gewand zur Hochzeit tragen könnte. Ich liebte den Stoff, fand die Idee romantisch und scherzte, dass er mich passend zum Sari ausgewählt hatte.

Jetzt trage ich ihn wieder. Es ist unser zehnter Hochzeitstag und ich habe alles gut geplant. Im Sari und mit meiner Sackkarre transportiere ich einen Korb voll indischer Köstlichkeiten, Keramikgeschirr, Gläser und Besteck, ein Tischtuch und das Geschenk. Ich spüre die Blicke der Menschen, als ich in meiner Montur und mit Gepäck über den Parkplatz laufe, alles in den Aufzug bugsiere und durch die Gänge schiebe. Ich bin wild entschlossen, unseren Hochzeitstag zu feiern, egal, wie die Umstände sind. Überraschende Hilfe bekomme ich von der Stationsschwester. Obwohl viel zu tun ist, hat sie die Teeküche für mich reserviert und andere Patienten gebeten, Tee und Kaffee aus den Thermoskannen im Flur zu nehmen, denn schließlich feiert hier ein Paar seine Rosenhochzeit. Bevor ich zu Thomas gehe, richte ich den Raum her, der nicht größer als eine Besenkammer ist. Die größte Verbesserung ist das bunte Tischtuch. Blumen und Kerzen sind nicht erlaubt. Das Fenster kann man nicht öffnen und nur langsam gewöhne ich mich an die stumpfe Luft.

Ich streiche meinen Sari glatt und sortiere den gefalteten Stoff über meine Schulter. Mit den Fingerspitzen zupfe ich an meinem Haar. Es wächst dicht und kräftig nach. In fünf Jahren ist es vielleicht ein langer Zopf, der über meinem Po baumelt.

Ich gehe zu Thomas. Er sitzt auf der Bettkante und die Atemschutzmaske klemmt zwischen seinen Händen. Er ist dünn geworden und sieht blass aus, ein dunkler Schatten um seine Augen lässt ihn müde wirken. Er richtet sich auf und zwinkert mir zu.

„Schön siehst du aus."

„Nur für dich." Ich drehe mich einmal im Kreis.

„Bist du gesund? Richtig fit?", fragt er mich.

„Ja, alles bestens."

„Gut. Dann muss ich nicht die Maske tragen."

Er stimmt das alte Lied aus den 1990er-Jahren an und selbst die Kopfstimme erreicht er mühelos.

„Küssen verboten,
Küssen verboten,
Küssen verboten,
streng verboten.
Keiner, der mich je gesehn hat,
hätte das geglaubt,
Küssen ist bei mir nicht erlaubt."

Kusslos nehmen wir uns in den Arm. Mein Kopf liegt an seiner Brust, sein Kinn auf meinem Schädel. Ba-bum. Ba-bum. Ba-bum. Ich höre sein Herz.

„Alles Gute zum Hochzeitstag, meine Susanne. Ich gratuliere mir, dass ich dich zur Ehefrau habe, und ich gratuliere dir, dass du mich zum Ehemann hast."

„Wir gratulieren uns für einander", flüstere ich an seiner Brust.

Thomas stockt. „Es tut mir so leid, dass wir nicht feiern können."

„Wer sagt denn, dass wir nicht feiern?"

Ich zerspringe fast vor Freude. Wie wird er auf die Überraschung reagieren? Ich führe ihn in die Teeküche und delegiere ihn zu dem kleinen Tisch. Er sitzt und ich serviere das Essen meiner Freundin. Eine Stoffserviette lasse ich auf seinen Schoß segeln.

„Und ich habe kein Geschenk für dich", stammelt er.

„Wer sagt, dass du kein Geschenk für mich hast?"

Ich drücke ihm eine kleine Schachtel in die Hand. „Die kannst du mir danach geben."

„Danach? Wonach?"

Ich zucke mit den Schultern und schaue auf meine Uhr. Ich bin so aufgeregt, als wäre es unser erstes Date. Andererseits es ist es ja auch unser erstes Date – das erste in einem Krankenhaus.

Es klopft und Armund steckt seinen Kopf durch die Tür. Unsicher schaut er uns an und ich winke ihn herein. Der stattliche Mann zwängt sich in unser Besenkammerrestaurant. Er ist unsicher. Für gewöhnlich nimmt er Thomas kräftig in die

Arme, nun darf er ihn nicht berühren. Er holt seine Geige aus dem Koffer und zupft kurz an den Saiten, teils um das Instrument zu stimmen, teils um das Unbehagen zu übertönen.

Freunde und Bekannte wollten Thomas besuchen. Meistens habe ich dankend abgelehnt. Ich habe nur die engsten Vertrauten zu ihm gelassen, von denen ich wusste, dass sie mit der Situation umgehen können und dass sie nicht Humor und Zuversicht in der Sterilität verlieren. Einmal nahm ich eine Bekannte mit, sie war anschließend so aufgewühlt und erschrocken von Thomas' Zustand, dass sie weinte. Diesen Fehler werde ich nie wieder machen. Armund habe ich vorbereitet und er macht das Richtige. Er grüßt und gratuliert, schweigt und lässt dann sein Instrument sprechen. Ein paarmal verändert er seine Position, bis er nicht mehr mit den Ellenbogen gegen den Hängeschrank stößt oder mit seiner Hüfte die Spüle rammt oder mit dem Fuß gegen den Mülleimer tritt. Es ist tragisch komisch, wie wir in der Kammer hocken und der Kliniktristesse mit Romantik trotzen. Doch sobald die Geige singt, sind wir nicht mehr in dieser Welt. Was das kleine Instrument alles kann, wenn man es nur lässt?! Sie verführt und entführt uns. Sie trägt uns durch die Zeit und in andere Kulturen. Armund ist Sinti und spielt Gypsyjazz.

Zuletzt haben die zwei Männer in unserem Wohnzimmer musiziert, bis sie außer Atem waren. Thomas auf der Flamenco-Gitarre und Armund auf der Geige. Sie steigerten ihr Tempo, bis sie schwitzten, und stampften dabei den Takt auf dem Parkett. Irgendwann klingelte der Nachbar, der unter uns wohnt, und fragte, ob alles in Ordnung sei.

Armund fiedelt die Krankheit aus der Teeküche, wir wippen

im Takt und hätten fast getanzt, wenn es nicht so eng gewesen wäre. Die schweren und zugleich leidenschaftlichen Melodien berühren uns. Thomas weint, dann weinen wir im Trio, und unermüdlich klingt das Instrument. Die Geige erzählt über Liebe und Schmerz, Heimat und Wanderschaft, Freude und Trauer. Sie vereint die Weisheit des Lebens in einem langen Lied und sie schwebt noch über uns, selbst als Armund sich verabschiedet. Die Musik lehrt uns, wie aus unsichtbaren Tönen etwas Reales in uns geschaffen werden kann. Da tauchen echte Erinnerungen und Gefühle auf und plötzlich ist Zuversicht keine Einbildung. Das Bibelwort „Und Gott sprach" bekommt eine neue Bedeutung, wenn man weiß, dass Schwingungen Auswirkungen haben. Quantenphysiker könnten das erklären, ich nicht, aber ich spüre, wie nah ich Thomas bin und wir alles für möglich halten: Heilung, Ehe- und Familienleben, eine Zukunft.

Ich stupse Thomas an und flüstere: „Jetzt."

Er versteht nicht.

„Jetzt kannst du mir das Geschenk geben."

„Ja", er räuspert sich. „Meine liebe Susanne, zu unserem zehnten Hochzeitstag möchte ich dir dies schenken. Ich bin mir sicher, dass es dir gefällt. Es wird sein, als hättest du es selbst ausgesucht."

„Oh, ein Geschenk, ein Geschenk, wie lieb von dir, ich danke dir."

Es ist ein silberner Ring mit vielen kleinen Glassteinen. Thomas steckt ihn mir an den linken Ringfinger. Mein Ehering ist schlicht, doch der neue funkelt im Licht und jedes Aufblitzen verheißt mir viele kostbare Momente zu zweit. Das Schmuckstück glänzt im Neonlicht.

„Ich freue mich, wenn du dich freust", sagt Thomas, „und wenn ich den Ring gesehen hätte, hätte ich ihn dir gekauft."

Ich neige mich zu ihm und möchte ihn küssen.

Aber er singt: „Küssen verboten. Küssen verboten."

„Aber das holen wir nach", mahne ich.

Er nickt und ergänzt: „Wir holen alles nach!"

Freudenbringer

Nach Wochen der Trennung sind die Kinder wieder bei mir. Ich bezweifle, dass ich ihnen eine gute Mutter sein kann. Bisher bestand mein Tagwerk darin, mich um Thomas zu kümmern. Ich kaufe ihm Klamotten, die ihm auch nach einer Sechzig-Grad-Wäsche noch passen, koche nach einem Diätplan und versuche ihm für die wenigen Momente, in denen er Appetit hat, etwas anzubieten. Ich fahre in die Klinik und benötige für die Parkplatzsuche dreißig Minuten. Wenn ich dann in der Klinik bin, hocke ich in der Sozialabteilung und fülle mit der Angestellten Anträge aus, in der Hoffnung, diese Zahlungen puffern den Dienstverlust ab.

„Wollen Sie nicht bei der Krebshilfe um eine Spende bitten?" Die Sozialarbeiterin legt mir ein Formular auf den Tisch.

„Betteln?"

„Nein, es ist für Härtefälle. Und Ihre Familie ist so ein Fall."

„Ja, leider." Ich fülle die Seiten aus und bin gespannt, welche Summe das Gremium für angemessen hält. Wie gut, dass es diese Hilfe gibt. Auch wenn es nur eine kleine Summe ist, es ist ein Geschenk von Menschen, denen unsere Notlage nicht egal ist.

Mit all diesen Terminen, dem keimfreien Wäschewaschen und den Autofahrten in die Stadt ist mein Tag ausgefüllt. Wie soll ich mich um meine Kinder kümmern? Doch meine Mutter ist der Meinung, dass ich die Kinder brauche, um wieder in meinen Alltag zu kommen, um mich nicht selbst zu verlieren.

Erst als Eduard in meine offenen Arme tippelt und Ferdinands Stimme auf mich einprasselt, merke ich, *wie sehr* ich meine kleinen Jungs vermisst habe. Sie sind Freudenbringer, Lebendigmacher und Glücksentdecker. Sie haben Hunger und ich muss endlich wieder kochen. Sie wollen spielen und endlich kommt der neue Sandkasten zum Einsatz. Sie brauchen eine Mittagspause und ich lege mich dazu und schlafe ein. Es ist die Routine aus Essen, Schlafen und frischer Luft, die mir meine Kraft zurückgibt. Meine Mutter hatte recht.

Ich filme die Kinder und versuche, die hellen Momente unseres Alltags festzuhalten, damit im Krankenzimmer die Sonne aufgeht, wenn Thomas die Videos sieht. Mal ist es ein Erklärvideo von Ferdinand über die Unterschiede von Monstertrucks und Lastwagen und mal sind es Liedkompositionen von Eduard. Der Liedtext besteht aus „Lalala“. Meistens filme ich unseren Alltag, den ganz normalen Alltag, den man sich auf einer Isolierstation sehnlichst wünscht.

Ich weiß, wie sehr Thomas leidet, dass er die Kinder nicht sehen darf. Sie sind nicht nur Freudenbringer, sondern auch Keimverteiler. Thomas spricht nicht darüber, als würden Worte über das Vermissen ihn noch trauriger machen, stattdessen macht er Späße, und ich filme ihn dabei. Er spielt mit ihnen Guck-Guck und Singspiele und zaubert Matchboxautos aus seinem Kopfkissen hervor. Das Spielzeug habe ich gekauft, ihm gebracht, das Filmchen gedreht, sie wieder mitgenommen, mit den Kindern den Film geschaut und ihnen die Autos geschenkt. Ihre Augen wurden ganz groß, und sie sind sich sicher, dass ihr Papa zaubern kann. Sie sind sich genauso sicher, dass ihr Papa wieder nach Hause kommt, Musik macht und mit ihnen tobt. Schließlich kann der Papa alles: reparieren, trösten, gewinnen und den bösen Wolf vertreiben.

„Papa ist der Beste“, strahlt Ferdinand.

„Ja, das ist er.“ Ich sehne mir ihre kindliche Zuversicht für mein Herz herbei. Denn mein Optimismus und mein Glaube kommen ins Straucheln, wenn die Ärzte mir wieder detailliert erklären, dass Thomas' Körper rebelliert. Endlich sage ich dem Oberarzt, was ich schon ganz lange sagen wollte. Bisher war ich zu feige, aber heute bin ich mutig.

„Ich möchte, dass Sie mir sagen, wenn Thomas austherapiert ist. Ich will nicht, dass er hier seine restliche Lebenszeit vergeudet. Wenn er an der Krankheit stirbt, dann in unserer Wohnung, in seinem Bett und in unseren Armen.“

Der Oberarzt schnappt nach Luft und beschwichtigt. Die Lage sei nicht hoffnungslos, sie sei ernst, aber es gäbe noch viele Therapiemöglichkeiten.

„Bitte, ich möchte immer die ganze Wahrheit wissen.“

Dabei bin ich mir nicht mehr sicher, ob ich das wirklich will. Unwissenheit hat etwas Tröstliches. Es ist leichter zu glauben, wenn man nicht alles weiß.

Ob nicht religiösen Menschen bewusst ist, welche Kämpfe man kämpft, weil man hofft und glaubt trotz der katastrophalen Umstände? Wenn sich mir jemand in den Weg stellt und behauptet, Glaube sei etwas für Schwächlinge, dann bekommt er es mit mir zu tun!

Ich nehme mir die Bibelworte wie Kleidungsstücke vor. Ich ziehe Hoffnung an, binde mir Wahrheit um die Taille und stülpe Zukunftsvisionen wie eine Mütze auf: Gott ist gut. Kein Unglück wird sich uns nahen. Wir werden ein langes Leben haben. Manchmal ziehe ich mir die Mütze aus Verzweiflung tief in das Gesicht und nuschle ein Gebet in den warmen Stoff. Gott, hilf!

Glücksucher

Die Nachricht, dass ein Stammzellspender gefunden wurde, macht uns Mut. Jetzt gibt es einen Plan: In vier Wochen wird die Transplantation stattfinden und bis dahin darf Thomas die Klinik verlassen.

„Ruhen Sie sich aus. Sammeln Sie Ihre Kräfte, denn das Schwierigste steht Ihnen noch bevor", raten die Ärzte und geben seitenweise Anweisungen mit, was Thomas essen darf, wie er sich pflegen und vor Keimen schützen soll. Allein die Vorstellung, dass wir wieder zu viert im eigenen Heim sind, macht uns glücklich, und wir sind gewiss, dass die Stammzelltransplantation gut verlaufen wird.

Es ist Sommer geworden, und wir verbringen die Tage im Garten. Vor einem Jahr kämpfte ich gegen die Schwäche in meinem Körper und gegen die Gefühle, dass ich wenig Liebe für meinen Mann empfinde. War das vor einem Jahr?!

Es scheint Jahrzehnte her zu sein, so viel ist passiert. Wir sind nicht mehr dieselben. Wir haben unsere Unbeschwertheit verloren und mühen uns, das Schöne im Alltäglichen zu bewahren. Fest entschlossen, die vier Wochen zu genießen, fahren wir zu einem Bauernhofmuseum, aber wir haben uns überanstrengt. Thomas ist zu schwach, um lange auf den Beinen zu sein, und auch mir fehlt die Kraft, um alles ein- und auszupacken, mit dem Auto zu fahren und die Kinder in einer fremden Umgebung zu beaufsichtigen. Nun suchen wir das Besondere hinter unserem Haus. Unser Garten und die angrenzende Weide des Bauern werden zu Ferienattraktionen. Nichts kann unsere kleinen Jungen so glücklich machen wie ein Mähdrescher. Sie stehen am Zaun und beobachten das Monstrum, das durch das hohe Gras kriecht. Dann folgt ein Heuwender und wirft das geschnittene Gras in Reihen aus. Der Bauer dreht seine Runden über seine Wiese und jedes Mal, wenn er an unserem Garten vorbeifährt, winkt er. Die Kinder hüpfen und winken zurück, bis der Bauer seine Arbeit erledigt hat.

„Das sind Rennstrecken“, jubelt Ferdinand und flitzt davon durch die Reihen aufgehäuften Grases. Er veranstaltet Wettkämpfe gegen sich selbst und reißt die Arme hoch, wenn er gewonnen hat. Er gewinnt jeden Lauf. Das Heu ist ein Geschenk. Die Kinder bauen sich Höhlen und kriechen hinein. Sie werfen Haufen auf, zerren einen Stuhl herbei und hüpfen hinein. Immer wieder und wieder. Sie sind sehr glückliche Kinder und wir sind sehr glückliche Eltern. Am Abend ist ihre

Haut rot von den piksenden Halmen und ich schmiere sie mit Creme ein.

„Und morgen gehen wir ins Schwimmbad", verkündet Ferdinand.

Das Schwimmbad ist das aufblasbare Planschbecken. Wir haben es vorhin gemeinsam hergerichtet und abwechselnd die Luftpumpe bedient. Eduard lehnte sich gegen die Beckenwand und plumpste in das Innere. Dann rief Ferdinand: „Mehr, Papa, mehr!"

Thomas pumpte und die Vorfreude der Kinder steigerte sich ins Unermessliche. Ich habe alte Töpfe, Löffel und Schöpfkellen aussortiert und neben das Becken gelegt.

„Damit koche ich morgen die Suppe", sagt Ferdinand.

„Das wird bestimmt lecker."

„Ich auch", ruft Eduard.

„Ja, wir machen morgen alles gemeinsam", sage ich und verteile die Creme auf ihren Beinchen. Es ist schön, wenn man den nächsten Tag planen kann.

Die Kinder schlafen schon, als Thomas die Wohnung betritt. Auf den Händen balanciert er Teller und Becher, Kinderkleidung baumelt von seiner Schulter und zwischen Arm und Hüfte klemmt der Plüschelefant, den Eduard durch den Garten geschleppt hat. Schweigend räumen wir das Tagwerk der Kinder auf, sortieren Wäsche, fegen Sand aus dem Flur und spülen Geschirr.

„Ich bin so müde", flüstert Thomas.

Er sieht mich an und wartet. Erwartet er, dass ich sage, er könne sich ausruhen? Er hat doch fast den ganzen Tag gelegen. Ich bin auch müde, zu mir sagt keiner, dass ich mich ausruhen kann. Es grummelt in mir, die Erschöpfung will den schönen Urlaubstag trüben. Scheppernd stelle ich die Kochtöpfe in den Schrank und wehre mich gegen das Gefühl, dass sich keiner um mich kümmert, dass mich niemand sieht, dass ich niemals eine Pause habe.

Ich knie auf dem Küchenboden und staple die Kochtöpfe der Größe nach. Nur wenn es gut sortiert ist, passt alles zusammen. Mit jedem Topf und Deckel, Pfanne und Sieb versuche ich, meine Gefühle zu sortieren. Ich räume meinen Unmut in den Schrank und stopfe mein Selbstmitleid in die Lücken. Ich hantiere mit dem Pfannenstiel, der nur in einem ganz bestimmten Winkel in den Schrank passt. Die Sorge um Thomas ist so sperrig wie diese blöde Pfanne. Sie passt nicht in unseren Alltag und doch müssen wir sie irgendwie aufräumen.

„Soll ich das machen?"

Thomas' Hausschuhe schlappen in mein Blickfeld. Ich gebe der Tür einen Schubs und sage: „Passt schon."

Für einen Moment rumpelt es im Küchenschrank, dann ist Ruhe.

Wir gehen ins Bett. Diesmal dreht mir Thomas den Rücken zu und ich lege meinen Kopf an seinen Rücken. Sein Herz höre ich auch hier. Ba-bum. Ba-bum. Ba-bum.

Er fragt mich: „Liegst du gut?"

„Ja, natürlich."

Ich liege überhaupt nicht gut, aber ich will sein Herz hören. Thomas ist so dünn geworden, dass sein Schulterblatt sich unter seiner Haut abzeichnet. Ich lege meine Hand darauf und fühle die Spina Scapulae und das Acromion. Meine Anatomieprüfung habe ich kurz vor unserer Hochzeit abgelegt. In einem

Rausch aus Verliebtheit, Dankbarkeit und Zukunftsfreude lernte ich Knochen, Muskeln, Sehnen und Nerven und merkte mir poetische Namen von Knochen wie Os lacrimale oder Os coccygeum. Dass ein Arzt den kleinen Knochen über dem Auge Tränenbein nennt, leuchtet mir ein, aber was für eine Fantasie hatte der Anatomist, dass er das Steißbein als Kuckucksbein bezeichnete? An Thomas' Körper lernte ich vor Jahren die Muskeln. Als ehemaliger Turner hatte er einen wunderbaren Trapezmuskel und Latissimus dorsi, aber der dreimonatige Klinikaufenthalt hat ihm seine Form genommen, seine Haut spannt sich nur noch über Knochen. Meine Finger berühren seine Wirbelsäule, langsam gleiten sie abwärts und hüpfen über die einzelnen Wirbel bis zu seinem Unterleib.

Wann haben wir zuletzt miteinander geschlafen? Ich kann mich schon nicht mehr erinnern. Geburten, Stillzeiten, Krankheiten und Medikamente versenkten unsere Sinnlichkeit in einen Dornröschenschlaf. Sind unsere Körper noch in der Lage, etwas anderes außer Müdigkeit und Schmerz zu empfinden?

„Wecke die Liebe nicht, bevor es ihr selbst gefällt", heißt es in einem Bibelvers aus dem Hohelied von Salomon. Unserer Liebe würde es gefallen, wenn ich sie aufwecken würde.

Noch liegt meine Hand auf seinem Becken. Ich bin unsicher, fast verschämt, aber ich sehne mich nach Sinnlichkeit. Ich rücke noch näher an ihn heran, drücke mein Gesicht in seinen Nacken und wandere mit meiner Hand seinen Körper ab. Aus dem fürsorglichen Streicheln wird ein Liebkosen, eine Neckerei und schließlich ein frecher Weckruf. Wir fühlen Hitze statt Kälte, Lust statt Müdigkeit und Erregung statt Schmerzen. Es ist alles andere, als nur miteinander zu schlafen. Von wegen

Schlaf, es ist ein Tanz und ein Fest und ein Lied auf die Liebe mit einem kompletten Sinfonieorchester.

Ausnahmezustand

Der Termin für die Stammzelltransplantation rückt näher. Ein junger Spender in England macht sich bereit, lässt sich seine Zellen abzapfen, und eine Ärztin aus München holt sie persönlich ab. Wir sind dankbar, auch wenn die genetische Übereinstimmung nicht perfekt ist.

Bevor ich Thomas in die Klinik fahre, bringe ich die Kinder in den Kindergarten. Beim Abschied kämpft er mit den Tränen und trotzdem spaßt er mit ihnen. Wenn sie sich wiedersehen, dann wird er ein neues Immunsystem haben, vielleicht schon in zwei oder drei Monaten, hoffentlich zu Ferdinands fünftem Geburtstag im Dezember, aber spätestens bis zum Weihnachtsfest.

Inzwischen sind wir Profis und beziehen das Patientenzimmer, ohne dass man uns Verhaltensregeln, Tagesabläufe oder Hygienevorschriften erklären muss. Kaum ist die Tasche ausgeräumt, wird Thomas von der Klinikroutine geschluckt. Wir verabschieden uns rasch, wir können später telefonieren und morgen werde ich wiederkommen.

Ich versuche, Thomas von unserem Alltag zu erzählen, doch er kann sich nicht auf uns konzentrieren. Die bevorstehende Transplantation vereinnahmt ihn. Wie ein Sportler kurz vor dem Wettkampf steht er bereit und weiß, dass es ein langes Turnier wird. Er spielt nicht mehr Gitarre, die Fingerkuppen tun ihm weh. Er macht keine Gymnastik, davon wird ihm übel.

Der Termin für die Transplantation steht: der Tag nach meinem Geburtstag. Ich stelle mir vor, wie wir im nächsten Jahr doppelt feiern, ein neues Lebensjahr und ein neues Immunsystem.

Dieses Jahr haben mich meine Freundinnen zu einem Frühstück eingeladen. Blumen, Kerzen und Geschenke stehen auf dem Tisch. Das Handy lege ich neben meinen Kaffeebecher und warte sehnsüchtig auf einen Anruf von Thomas. Hat er meinen Geburtstag vergessen?

Endlich klingelt es und vorfreudig sage ich: „Hallo, mein Schatz."

Ich möchte mir meine Geburtstagswünsche abholen, aber Thomas antwortet: „Bringst du mir bitte frische Unterhosen mit?"

„Ist das alles?"

„Ja, danke. Bis später."

Er legt auf.

„Geht es Thomas gut? Es war ein sehr kurzes Gespräch", sagt meine Freundin.

„Ja ... ja, es geht ihm gut. Ich werde ihn nachher besuchen."

Ich nehme den Kaffeebecher, schaue erst hinein und trinke langsam. Die Tasse verdeckt mein Gesicht. Meine Gäste sollen nicht sehen, wie traurig ich bin. Schluck für Schluck spüle ich die Enttäuschung herunter und tröste mich damit, dass Thomas in einer Extremsituation ist und wir noch viele Geburtstage feiern können. Seine Gedanken sind schon mit dem nächsten Tag verwoben. Morgen ist die Transplantation!

Der neue Tag knallt wie ein Startschuss in meinem Herzen. Jetzt gibt es kein Zurück. Alles oder nichts. Wenn die Transplantation nicht gelingt, wird er sterben.

Zittrig gehe ich durch den Tag, meide Small Talk im Kindergarten und weiche den Nachbarn aus. Alles, was ich tue, wird zum Gebet. Ich räume Wäsche auf und denke: Gott, du hast uns ein langes Leben versprochen.

Ich ermahne Ferdinand: „Ärgere nicht deinen Bruder!" Und denke gleichzeitig: Gott, pass auf uns auf!

„Eduard, nimm den Stein aus dem Mund!" Und hoffe, dass wir das alles gut überstehen.

Thomas will sich melden, sobald er die Stammzellen bekommen hat. Es ist ja nur eine Infusion, die in ihn tröpfelt. Nichts Spektakuläres. Das Telefon trage ich mit mir herum und kontrolliere immer wieder, ob der Akku aufgeladen ist und ich Empfang habe. Wenn jemand anruft und es ist nicht Thomas, dann sage ich hastig: „Hallo. Jetzt ist es ungünstig. Ich rufe später zurück."

Dann drücke ich das rote Symbol und kontrolliere, ob ich den Apparat nicht komplett ausgestellt oder stummgeschaltet habe. Ich schenke dem Telefon mehr Aufmerksamkeit als meinen Kindern.

Endlich klingelt es. Ich stelle den heißen Topf beiseite, nehme Eduard aus dem Hochstuhl und haste zum Telefon. Zu spät. Auf dem Anrufbeantworter höre ich Thomas' Stimme. Sie ist ganz leise: „Ich rufe später noch einmal an."

Ich stecke mir das Telefon in die Hosentasche, und als es wieder klingelt, bin ich schon nach dem ersten Signal dran.

„Hallo, hier ist Schwester Sandra. Ihrem Mann geht es nicht

gut. Wir haben ihn ruhiggestellt. Machen Sie sich keine Sorgen. Wenn Sie das nächste Mal kommen, erklären wir alles."

Da ist er wieder, dieser Satz, der Sorgen exponentiell in die Höhe treibt: „Machen Sie sich keine Sorgen!"

„Ruhig, Susanne, ruhig", ermahne ich mich und bringe die Kinder ins Bett. Ich kann jetzt nicht weg, und Thomas wird gut versorgt. Meine Abendroutine spult sich ab: Gute-Nacht-Lieder singen, Licht löschen, Wäsche sortieren, Spülmaschine einräumen, Küchenboden fegen.

Der Besen gleitet nicht wie sonst über den Boden, die Kinder haben Saft verschüttet. Krümel kleben fest und ich muss das Wischzeug holen. Ich knie mich hin und tauche den Lappen in das Wasser. Mein Jahresring funkelt an den feuchten Händen. Ich nehme ihn ab, halte inne und ziehe ihn wieder auf. Er ist doch meine Erinnerung an eine gemeinsame Zukunft mit Thomas. Ich möchte nicht, dass die Glaskristalle im Schmutzwasser leiden, also nehme ich ihn wieder ab. Ziehe ich mir damit die Zukunft von den Händen? Die Steine symbolisieren, was noch alles vor uns liegt. Ring auf oder Ring ab? Ich sinke auf den klebrigen Küchenboden mit dem Ring in meiner Faust und schluchze: „Und wenn er es nicht schafft? Gott? Was dann? Hör mal, wir vertrauen dir!"

Könnte nicht einfach ein Engel kommen, der mich ins Bett trägt und dann die Küche putzt? Es kommt keiner. Vielleicht sind sie alle im Kinderzimmer und wachen über die Kleinen oder bei Thomas und lassen ihn für einen Augenblick in den Himmel blinzeln. Ich muss alleine den Boden wischen und gehe alleine mit verquollenen Augen ins Bett.

Am nächsten Tag bringe ich die Kinder in den Kindergarten und fahre zum Krankenhaus. Auf der Station sagt man mir, dass er in die Abteilung der Intensivmedizin verlegt wurde.

„Sie müssen zum Haupthaus gehen, in den hinteren Trakt über den Zwischengang und dann die linke Treppe bis ins Untergeschoss. Dort klingeln Sie auf der rechten Seite und dann öffnet sich eine Doppeltür. Gehen Sie hinein und warten Sie an der Schleuse."

„...?"

Die Schwester öffnet mir die Tür und zeigt auf ein Schild mit der Aufschrift Haupthaus. Ich schleppe mich vorwärts, während meine Gedanken zu Thomas sprinten. Was ist schiefgelaufen? Immer wieder muss ich nach dem Weg fragen, umkehren, gegen Türen klopfen und auf Klingelknöpfe drücken.

„Hallo, ich heiße Susanne Luck und suche meinen Mann Thomas."

Der Pfleger lässt mich herein und lotst mich zu einem Bett. Ich solle dort auf den Arzt warten. Es gibt keinen Stuhl, um sich hinzusetzen. Hier wird hektisch gearbeitet. Die Patienten sehen alle gleich aus. Schläuche im Mund, geschlossene Augen, nackte Schultern, Zugänge an Hals und Armen. Die Maschinen zurren und schnauben. Anzeigen blinken und leuchten. Ich stehe an Thomas' Bett und suche seine Hand unter dem Laken. Vorsichtig schiebe ich meine darunter. Seine Fingerkuppen liegen in meinen Handflächen.

Eine Person tritt an das Bett. „Ich bin der leitende Arzt."

„Wieso ist hier nichts isoliert? Die Keime sind doch gefährlich."

„Wir kümmern uns zuerst um das Ärgste. Sein Kreislauf ist

nach der Transplantation zusammengebrochen. Wir haben ihn ins künstliche Koma gelegt."

„Aber die Keime, hier sind doch überall Keime. Auf der Isolierstation sind mehr Schutzmaßnahmen als hier."

Der Arzt bemüht sich, ich sehe es an seinen zuckenden Pupillen.

„Ihr Mann hat die neuen Zellen. Das ist sehr gut. Wir haben ihn schlafen gelegt, damit er sich erholen kann. Jetzt müssen wir abwarten, wie sein Körper arbeitet."

„Was mache ich denn jetzt?" Ich zupfe an dem Laken, um Thomas' Schultern zu bedecken.

„Sie können einmal am Tag vorbeikommen und uns jederzeit anrufen. Wenn Sie möchten, melden wir uns jeden Morgen bei Ihnen."

Ich nicke. Der Arzt kommt einen Schritt auf mich zu und beugt seinen Kopf.

„Hören Sie! Ich bin so alt wie Ihr Mann und ich bin auch Familienvater. Ich und das Team geben unser Bestes."

Ich nicke erneut und ich glaube ihm.

Selbst in dieser Situation entsteht eine Routine. Jeden Morgen ruft mich eine Schwester an und sagt, wie Thomas' Nacht war. Mittags fahre ich zu ihm, massiere seine Hände oder Fußsohlen und berichte von den Kindern.

„Du musst dir keine Sorgen um uns machen", flüstere ich in sein Ohr. Kann er mich hören? Ich weiß es nicht.

Den Schwestern und Pflegern erzähle ich, wer Thomas ist und was er mag. Sie sollen den lustigen und talentierten Menschen in ihm sehen und nicht nur den Patienten mit der missglückten Stammzelltransplantation. Inzwischen stellen sie nicht mehr das Radio mit Popmusik an, sondern setzen ihm behutsam Kopfhörer auf und schalten seine Lieblingsmusik an. Während der Physiotherapeut Thomas' Beine bewegt, redet er über Kunstturnen – ein Monolog über die Olympialeistung von Florian Hambüchen.

Das Team auf der Station ist großartig. Falls ich ihnen im Weg stehe, lassen sie es mich nicht spüren. Selbst wenn ich mich in ihre Visiten drängle, tolerieren sie mich. Die Expertenrunde um Thomas' Bett schwillt von Tag zu Tag an. Der Oberarzt blättert durch die dicke Akte und ich unterbreche ihn: „Was machen Sie gegen die Druckstellen am Steißbein und wieso ist sein Bauch so prall wie ein Luftballon?"

Er ist irritiert und ich spüre, wie er mich einzuordnen versucht: schwierige Angehörige, realitätsferne Ehefrau oder verzweifelte Gattin? Sie holen eine Psychologin, weil sie sich um mich sorgen, denn ich spreche von Sterben und Leben in einem Satz. Ich realisiere den zerfallenden Körper und spreche trotzdem mit Thomas, was wir an Weihnachten machen werden. Ich sehe seine absterbenden Gliedmaßen und plane dennoch eine Release-Party für sein neues Album. Ich begreife, dass er mit diesen Fingern nie wieder Gitarre spielen kann, und trotzdem glaube ich an Wunder. Wenn schon, denn schon!

Äußerster Ausnahmezustand

„Kommen Sie schnell! Ihr Mann liegt im Sterben."

Panisch packe ich die Kinder, bringe sie zu einer Freundin, rufe meine Eltern an, fahre viel zu schnell über die Autobahn und parke im Halteverbot. Ich sprinte zur Station. Die Schwester öffnet die Tür, legt mir ihre Hand auf die Schulter und sagt: „Es ist kritisch, aber er hat sich stabilisiert. Er ist ein Kämpfer."

Ja, das ist er. Ich stehe abseits von seinem Bett und sehe, wie die Schwestern geschäftig über ihn gebeugt sind. Hier kann ich nichts tun. Man bittet mich zu gehen und ich fahre nach Hause, sammle die Kinder wieder ein und bekomme den Anruf, dass meine Eltern mit dem nächsten Zug anreisen. Ich bin erleichtert.

Beim zweiten Anruf, dass ich sofort in die Klinik kommen soll, gerate ich nicht in Panik. So schnell stirbt Thomas nicht, denke ich und übergebe die Kinder meinen Eltern. Mit zittrigem Herzen fahre ich in die Stadt. Ich drehe das Autoradio auf und lege eine CD ein. Es sind Songs, die Thomas für ein Konzert üben wollte. Ich kenne sie und singe sie mit. Fünf Lieder später parke ich den Wagen und stapfe den Trampelpfad entlang, den ich seit Wochen benutze.

Es ist kritisch. Wieder einmal. Ich hoffe, dass Thomas' Seele nichts davon merkt und er den ganzen Quatsch verschläft. Seine letzten Worte werden doch nicht gewesen sein: Bring mir frische Unterhosen mit?

Der dritte Anruf: „Ihr Mann liegt im Sterben."

„Mutti, ich fahre noch einmal ins Krankenhaus."

„Du kommst doch gerade von dort."

„Ja, aber die Schwester meinte, es wäre dringend."

Meine Mutter gibt mir einen Kuss und sagt zum Abschied: „Fahr vorsichtig!"

Innerhalb einer Stunde stehe ich mit drei Freunden um Thomas' Bett. Eine Freundin, unser Pastor und Roger sind gekommen. Roger, der als Stationsarzt arbeitet, müsste eigentlich zur Nachtschicht auf seiner Station sein, doch er bleibt. Wir singen und es ist friedlich. Den Takt gibt die Beatmungsmaschine an. In leuchtenden Farben blinken die Lichter auf dem Monitor von Herzfrequenz, Blutdruck und Sauerstoffsättigung. Jetzt wird etwas ganz Großes geschehen. Ich bin mir sicher. Ich bin hoffnungsvoll. Der Moment ist heilig.

Roger stellt die Beatmungsmaschine ab. Der Monitor wird schwarz. Erschrocken blicke ich ihn an. Darf er das?

Doch es fühlt sich richtig an und ich bin erleichtert, dass endlich etwas passiert. Ich lasse Thomas gehen. Vorerst.

Es ist mitten in der Nacht. Meine Mutter öffnet die Tür und ich brauche nichts zu sagen. Sie sieht mir an, dass Thomas tot ist. Mein Papa schlappt im Schlafzeug durch den Flur.

„Was machen wir denn jetzt?", frage ich.

Wir liegen uns in den Armen. Ich weiß, dass ich noch etwas tun muss. Jetzt und nicht morgen. Ich rufe meine Schwiegereltern an und Thomas' Mutter nimmt den Hörer ab.

„Mama, Susanne hier."

Ich höre sie seufzen und dann flüstert sie: „Ach, jetzt hat er es geschafft."

„Ja", und wir legen auf. Alles Wichtige wurde gesagt, die Details ändern nichts an seinem Tod.

Es ist drei Uhr in der Nacht, ich schalte trotzdem noch den Computer an und schreibe unseren Freunden eine E-Mail. Ich fülle nur die Betreffzeile aus: Thomas ist heimgegangen.

Seit Wochen haben sie für uns gebetet, jetzt dürfen sie nicht aufhören. Ich schäle mich aus meiner Kleidung und schleppe mich ins Bett. Meine Eltern haben sich auch wieder hingelegt. Sie werden nicht schlafen. Keiner wird schlafen. Meine Schwiegermutter wird Thomas' Vater geweckt haben, frierend sitzen sie auf der Bettkante und sind um Jahre gealtert.

Ich lösche das Licht. Es ist dunkel. So dunkel.

Abschied bei Tageslicht

„Bitte, ich muss ihn sehen."

„Feierabend. Kommen Sie am Montag wieder."

„Nein, bitte. Gestern war alles so dunkel. Ich muss meinen Mann bei Tag sehen."

Der Pathologe hebt nur kurz die Schultern und wiederholt: „Feierabend. Kommen Sie am Montag wieder."

„Das sind drei Tage. Verändert er sich dann nicht?"

Rasch drückt der Pathologe die Tür zu, und ich sehe ihn davoneilen, bis sich sein Schatten hinter der Milchglasscheibe auflöst. Ich habe Stunden gebraucht, bis man mir die Auskunft gegeben hat, wo ich Thomas finden kann. Leider schließt die Pathologie am Freitag schon mittags.

Ein ganzes Wochenende muss ich warten, um Thomas zu sehen. Wie soll ich das aushalten? Den Kindern habe ich noch nichts vom Tod ihres Papas erzählt. Wozu auch? Für sie ändert sich nichts und ich kann warten, bis ich die richtigen Worte gefunden habe.

Wir fahren in die Berge zu einem Alpentierpark. Ich habe Sehnsucht nach dem Himmel und möchte ihm so nah wie möglich sein. Die Kinder schaukeln und meine Eltern schubsen sie an.

„Schneller!"

„Noch mal!"

„Höher!"

„Noch mal!"

Kann mich auch bitte jemand anschubsen? Mich in eine Hoffnung schubsen oder wenigstens in den nächsten Augenblick. Ich sitze auf einem Hügel. Vor mir ragen die Gipfel des Wendelsteingebirges auf. Senke ich den Kopf, dann sehe ich die zerfledderten Seiten meiner Bibel mit Post-its, Notizen und neongelb markiertem Text. Ich habe alle Bibelstellen markiert, die von Wundern erzählen. Auf über fünfhundert Seiten wird eine jahrtausendelange Geschichte erzählt und dabei gibt es nur acht Totenauferweckungen. Die Wahrscheinlichkeit, dass Gott meinen Ehemann von den Toten auferweckt, liegt im Promillebereich. Na und? Wunder folgen keiner Gesetzmäßigkeit. Ich kann keins erzwingen, nur erbitten.

Wenn ich schon in die Pathologie gehe, dann kann ich dort auch beten. Meinen Entschluss teile ich mit Freunden, die

Reaktionen sind sehr unterschiedlich. Die meisten haben Angst, dass ich enttäuscht werde. Wie könnte ich denn noch mehr von Gott enttäuscht werden? Der Schmerz ist so groß, er ließe sich nicht steigern.

Mein Plan rettet mich über das Wochenende. Montagmorgen packe ich einen Rucksack mit Thomas' Kleidung. Ich erwarte viel.

Und wieder stehen wir zu viert um Thomas. Diesmal ist es eine Bahre mit Rädern. Ein Laken reicht von seinem Kinn bis über die Zehenspitzen und ein kleines Polster liegt unter seinem Kopf. Das, was ich von Thomas sehe, sieht nicht gut aus. Ich betrachte sein Gesicht und denke: Keiner zu Hause!

Es hallt in dem gefliesten Raum, als wir zu singen beginnen. Wir singen und beten und ich überlege, ob Thomas überhaupt zurückkommen möchte. Wenn man einmal im Himmel war, will man dann freiwillig zurück auf die Erde? Ich werde müde und würde mich gern hinsetzen, aber hier ist kein Stuhl. Auf den Boden will ich nicht und zu einem Toten kann ich mich auch nicht setzen. Ich stütze mich an der Liege ab und fühle die Kälte des Metalls an meinen Händen. Mein Kopf ist nah über Thomas', und ich spüre die Kälte aus seinem Gesicht aufsteigen. Nur noch wenige Zentimeter und ich könnte meinen Kopf neben seinen legen, auf dieses kleine Kissen, das er überhaupt nicht braucht. Ich bin so müde, todmüde, unendlich müde. Kein Ton löst sich aus meinem Mund, umso schöner singt meine Freundin. Ihre Stimme schwebt durch den kahlen Raum und verwandelt ihn in eine Krypta. Es sind die Worte aus dem Psalm, der langes Leben verheißt. Dieser Psalm, den wir uns vor einem Jahr um unser

Herz gebunden haben. Der Refrain erzählt von Vertrauen und Hoffnung.

> *„Du bist meine Zuflucht und meine sichere Festung,*
> *du bist mein Gott, auf den ich vertraue."*

Der Kampf ist vorbei. Ich muss nichts mehr für Thomas tun, aber alles für unsere Söhne.

8. Die Trauer ist fürsorglich

Ich bin die Trauer und gehe durch die Zeit. Ich sehe dein Leid und werde mich um dich kümmern. Alles, was dir wertvoll war und ist, ist auch mir kostbar. Du hast das Recht, um deinen Verlust zu weinen und zu klagen, ob stumm oder laut. Kein Gefühl ist falsch.

Noch hast du Angst und kannst dir nicht vorstellen, dass du diesen unvorstellbaren Schmerz auch nur einen weiteren Tag ertragen kannst. Vertraue mir und ich werde dir helfen, dass dich der Schmerz nicht zerbricht.

Wir gehen jetzt durch das Land, das ich dir vor Wochen gezeigt habe. Erinnerst du dich noch an die Oasen, die Weite, den Nachthimmel und dass dort die Sterne tausendmal heller strahlen? Es ist ein fremder, aber guter Ort. Er wird dein Zuhause sein für deine Traurigkeit, deinen Schmerz und deine Unsicherheit.

Du wirst dein Vertrauen zu dir selbst wiederfinden und lernen, dass jedes Gefühl einen Ausdruck braucht.

Manche Menschen werden durch Leid und Enttäuschung stumm. Sie wollen ohne Hilfe ihren Kummer verarbeiten und erstarren dabei. Der Mensch wurde nicht für sich allein geschaffen. Du brauchst das Gegenüber, um zu lieben und zu leben, um zu lachen und zu weinen, um die Zukunft zu planen und die Erinnerung zu bewahren.

Nimm meine Hand und lass dich von mir führen. Ich bin die Trauer und meine es gut mit dir.

Ich sammle deine Tränen

Ich stieg über Holzautos und Bauklötze, trat auf Legosteine und unterdrückte einen Aufschrei. Verschütteter Saft tropfte auf meine Füße und die hohen Kinderstimmen pfiffen in meinem Ohr. Ich war schon lange nicht mehr in einem Haus gewesen, in dem ich Hoppe-Reiter spielte und Rotznasen abwischte. Schön hier, dachte ich und steckte mir eine ganze Packung Taschentücher ein für Triefnasen und Tränen, für angeschlagene Knie und Tränen, für Schokoschnuten und Tränen.

Ja, es wurde viel geweint und ich war sehr beschäftigt, alle Tränen einzusammeln. Am Abend hatte ich am meisten zu tun, wenn sich der Trubel des Tages gelegt hatte und es still wurde. Dann tobte sich der Schmerz aus und schredderte Susannes Herz. Selbst im Schlaf weinte sie, zerfurchte in wilden Träumen das Bett und stöhnte: „Er ist in seinem Bett ertrunken."

„Wer?" Ich nahm ihre Hände.

„Thomas, er lag im Bett, und plötzlich war das Bett voller Wasser. Ich wollte ihn herausziehen."

Ihre Hände zitterten und ich hielt sie fest.

„Ich habe es nicht geschafft. Er ist ertrunken."

„Pscht, das ist nicht wahr." Ich wiegte sie in meinem Arm und strich über ihren verschwitzten Rücken.

„Pscht, Thomas ist friedlich gestorben. Er schlief und ihr habt Lieder gesungen. Du hast deinen Kopf neben seinen gelegt, bis er nicht mehr atmete. Keine Qual. Kein Kampf."

„Und wenn er gelitten hat und wir haben es nicht bemerkt?"

„Das ist nicht passiert. Roger hatte alles genau im Blick. Thomas war nicht nur sein Patient, sondern auch sein Freund."

In meinen Armen wurde sie ruhig und schlief ein. Ich blieb regungslos sitzen, auch wenn mein Rücken steif wurde. Auf keinen Fall wollte ich sie wecken. Später in der Nacht kam Ferdinand. Ich hob die Bettdecke und er schlüpfte darunter. Er streckte seine Ärmchen und strampelte mit den Beinen.

„Pscht, wir wollen doch nicht die Mama wecken."

Die Träume breiten sich aus und lassen sich nicht durch den Willen eindämmen. Sie wölben sich wie die finstere Nacht über die Seele und bringen Angst und Schuld hervor. Sie treiben ihr Unwesen und wollen Vorwürfe und Pein anheizen. Sie wollen die Seele an die Vergangenheit ketten. Doch am schwarzen Wüstenhimmel leuchten die Sterne umso intensiver. Das Siebengestirn sehen wir mit bloßem Auge, wenn man den Kopf in die passende Richtung neigt. So ist das mit den Erinnerungen, sie leuchten auf und verlieren nicht an Strahlkraft. Sie können nicht von Scham und Vorwürfen getrübt werden.

Inzwischen kannte ich mich gut in Susannes Wohnung aus, ich hatte einen festen Platz am Tisch, auf dem Sofa und im Kinderzimmer. Da thronte ich zwischen Kissen und Kuscheltieren, und wenn mir der Kleinste den Stoffelefanten reichte, nahm ich ihn entgegen. Immer wieder setzten sich die Großeltern oder eine Freundin zu mir und wir beobachteten die Kinder oder lasen ihnen ein Bilderbuch vor oder wir zwirbelten am Elefantenplüschrüssel, und manchmal tupfte ich mit dem Plüsch Tränen ab.

„Welchen Tag haben wir heute?", fragte Susanne.

Ihre Mutter blickte auf. „Den ersten November."

Susanne stand in der Küche und rechnete. „Dann ist Thomas

schon zwei Wochen tot, vor zwei Monaten war die Transplantation, vor fünf seine Diagnose und vor einem Jahr habe ich meine Chemotherapie angetreten. Ein Jahr? Ist das alles in einem Jahr passiert?"

„Möchtest du nachher auf den Friedhof gehen? Es ist Allerheiligen."

„Nein, da sind so viele Menschen. Und auch wenn sie kurz vor dem Grab schweigen, nachher schwatzen sie umso mehr. Wenn sie mich sehen, dann gucken sie nur komisch und wissen nicht, wie sie sich verhalten sollen."

Sie blieben daheim und bastelten Tiere aus Kastanien. Was für Tiere das sein sollten, konnte ich nicht erkennen. Ferdinand meinte, sein Tier wäre eine Katze, aber sie hatte keinen Schwanz und nur drei Beine.

Stolz schob er die Katze über die Tischplatte. „Mama, habe ich das gut gemacht?"

Neugierig wartete ich auf die Antwort, denn es sah nicht gut aus.

„Ja, mein Schatz, du hast die Kastanie ganz doll glänzend gemacht."

Ah ja, den Glanz konnte man wirklich loben.

„Ich auch." Eduard hielt in jeder Hand eine braune Frucht.

„Ja, du auch, und schaut mal, was die Großmutti gebastelt hat: ein Schwein."

„Das ist kein Schwein, das ist ein Pferd."

Die Frauen lächelten und betrachteten den Fantasiezoo. Es war einer dieser Momente, in denen ich still auf dem Stuhl saß und meine Hände in den Schoß legte.

Ich sorge dafür, dass die leichten Momente im Alltag sich nicht verflüchtigen. Sie sind wie Oasen im kargen Land. Ich kenne die Quellen und lasse dich dort verweilen, denn ich bin die Trauer und meine es gut mit dir.

9. *Lebensdrang*

„Mama, Maaamaaa!"

Händchen patschen über mein Gesicht, ich drehe mich um und wickle mich in meine Decke.

„Mama, aufstehen."

Sie haben sich rittlings auf mich gesetzt und reiten munter und fröhlich auf meinem Rücken in die Morgensonne, voller Tatendrang und Abenteuerlust.

„Mama, haben wir einen Zeppelin?", ruft Ferdinand.

„Einen was? Nein."

Mühsam schäle ich mich aus dem Schlaf und ziehe die Schichten meiner Träume von meiner Seele. Es waren schöne Träume, das weiß ich noch. Von was sie handelten, weiß ich nicht mehr.

„Wir könnten aus Luftballons einen Zeppelin basteln", überlege ich.

Ich wurschtle mich durch mein Federbett und meine Träume bis hin zu den munteren Kindern.

„Lulalon", trällert Eduard und ich halte mir das Ohr zu.

Ich brauche Zeit, um in den Tag zu finden, muss mich erst einmal orientieren, und plötzlich ist das vertraute Gefühl wieder da: Schmerz.

Der Verlust von Thomas schmerzt so sehr, dass ich mich kaum bewegen kann. Alles tut mir weh, selbst das Atmen. Wie gut, dass Luftholen ein Reflex ist, sonst würde ich es vergessen. Die orientalischen Christen sprechen das Herzensgebet und synchronisieren es mit ihrem Atem. Manchmal sagen sie nur:

Je-sus. Einatmen und Ausatmen. Je – sus. Ich lasse meinen Atem zum Gebet werden. Für große Worte und lange Gebete fehlen mir Kraft und Glauben. Ich bin von Gott enttäuscht.

Mich erreichen Briefe von Christen, die nach einer Erklärung suchen, warum Thomas gestorben ist. Jeder Versuch endet in der These, dass es an uns gelegen haben muss, denn Gott macht keine Fehler. Wir hatten zu wenig Glauben. Zack! Bum! Fertig!

Sie haben den unerklärlichen, geheimnisvollen und verborgenen Gott in eine Schublade gepackt. Zack! Bum! Fertig! Ihr Bedürfnis nach Antworten hat aus ihrem Herzen eine Erbse gemacht. Da ist nur Platz für ihr verschrumpeltes Gottesbild, aber kein Platz für Mitgefühl oder Klage.

„Maaamaaa, Luuuulaaaaloooon!"

Er klopft auf meinen Kopf und fordert meine Aufmerksamkeit.

„Später, Eduard, später." Ich klatsche auf meine Schenkel, stehe auf und sage: „Jetzt machen wir Frühstück."

Luftballon und Zeppelin sind vergessen, jetzt fordert das bunte Plastikgeschirr mit den Namen ihre volle Aufmerksamkeit. Sie suchen ihren Teller, Tasse und Besteck heraus. Schwungvoll landet es auf dem Tisch. Sie amüsieren sich, weil der Teller austrudelt und klappernd zum Stillstand kommt. Endlich sitzen wir und ich zünde eine Kerze an. Ferdinand pustet mein Streichholz aus und Eduard beginnt zu weinen. Er wäre dran gewesen, also halte ich das abgebrannte Streichholz noch einmal in die Flamme und Eduard bläst es aus. Seine speichelfeuchte Puste besprenkelt den Tisch. Wir singen ein Lied und dann schmiere ich Brote. Derweil ist mein Kaffee nur noch lauwarm.

„Wann kommt Papa wieder?“ Ferdinand mümmelt an seinem Brot. Er hätte auch sagen können: „Wann gehen wir auf den Spielplatz?“, so beiläufig klingt seine Frage.

Ich schneide das Marmeladenbrot in kleine Rechtecke. Eduard stopft sich die Happen in den Mund und fragt ebenfalls: „Papa?“

Sein Gesicht ist rot von der Erdbeermarmelade und selbst in seinem blonden Haar kleben Krümel wie kleine Marienkäfer.

Ich habe es doch erklärt, wieso verstehen sie es nicht? Wieder und wieder haben wir uns hingesetzt. Ich habe ein Foto von Thomas genommen, auf dem er Trampolin springt. Man sieht nur Himmel und Thomas, als flöge er direkt nach oben. Wir haben uns das Bild angeschaut und ich habe erzählt, dass der Papa jetzt im Himmel ist und nicht mehr wiederkommt.

Bei der Aussegnungsfeier waren viele Kinder dabei und sie durften sich bewegen. Das taten sie leise und vorsichtig. Sie spürten, dass dies ein ganz anderer Gottesdienst war. Sie schlichen zum Sarg und berührten ihn. An den Seiten waren Beschläge mit Schmuckgriffen befestigt. Ein kleiner Junge berührte den kleinen Bügel und quietschend bewegte er sich. Erschrocken ließ der Junge los und die anderen kicherten. Ich hatte meine Freunde gebeten, dass sie ihre Kinder mitbringen, und nein, sie sollten nicht still auf den Stühlen sitzen. Die Mädchen hockten sich vor die Blumengestecke und berührten die langen Blütenstempel der Lilien. Ein gelber Punkt blieb an ihren Fingerkuppen zurück. Wahrscheinlich stellten sie sich vor, sie wären Blumenkinder auf einer Hochzeit. Während eines Liedes erklärte Ferdinand seinen Spielkameraden: „Da ist jetzt mein Papa drin. Das ist ein Bett mit Deckel.“

Schwer zu verstehen, dass Papa Thomas gleichzeitig in einem Sarg und im Himmel sein soll.

Konzentriert schneide ich das Marmeladenbrot und überlege mir eine Antwort.

„Wann kommt denn der Papa?“, sagt Ferdinand diesmal lauter.

Ganz überrascht schaut er mich an mit diesen großen, grünen Augen, die mich so sehr an Thomas erinnern.

„Gar nicht, mein Schatz.“

„Wieso?“

„Jetzt isst du auf und dann erkläre ich es dir, ja?“

Ich verschaffe mir Bedenkzeit. Gemeinsam räumen wir den Frühstückstisch ab. Dabei rieseln die Brotkrümel auf den Boden. Die Kinder halten die Teller schief, aber sie wollen helfen. Ich gebe ihnen einen Handfeger und mit Schwung werden die Krümel in der ganzen Küche verteilt.

„Hab ich doll geholfen?“, fragt Ferdi, gefolgt von seinem kleinen Echo.

„Ich auch?“

„Ja, und nun geht ihr Händewaschen.“

Papier und Malstifte lege ich auf den Küchentisch und zeichne drei Häuschen: ein Mama-Haus, ein Ferdi-Haus und ein Ede-Haus. Sie stehen auf einer Wiese und drumherum sprießen Blumen. Gemeinsam malen wir das Blatt bunt, Eduard mit schwungvollen Strichen und Ferdinand mit aus dem Mund hervorspitzender Zunge. Dann skizziere ich mit ein paar Strichen ein viertes Haus. Krumm und schief und mit Löchern in der Wand steht es auf der Wiese.

„Schaut mal, das ist das Papa-Haus. Es ist so kaputt, dass Papa nicht mehr darin wohnen kann. Er muss umziehen. Unser Körper ist wie ein großes Haus und mit der Zeit verändert sich das Haus. Euer Häuschen wird immer größer, das von der Uroma wird immer kleiner und faltiger. Papas Körper war kaputt wie dieses Haus. Man konnte es nicht mehr reparieren, deswegen musste er umziehen ... zu Jesus in den Himmel."

Das versteht Ferdinand. Eifrig malen sie, und das Bild wird immer bunter. An der oberen Bildkante arbeitet Ferdi mit blauer Farbe.

„Das ist Himmel", erklärt er, „da musst du jetzt das Papa-Haus reinmachen."

Es ist so wenig Platz, dass ich ein neues Blatt hole und an die obere Kante klebe. Wir zeichnen Sonne, Regenbogen, Blumen und Noten. Eduard hält in jeder Faust einen Stift und malt ein großes Krickelkrakel. Wir nennen es Sternschnuppenregen.

Wir werden noch viele Bilder zeichnen und mehrere Erklärungsversuche brauchen, bis wir das Ungeheuerliche verstanden haben: Der Papa kommt nie wieder. Es ist wie eine schwierige Gleichung aus Unbekannten und Brüchen, aus langen Dezimalzahlen und komplizierten Faktoren. Wir werden es wieder und wieder durchrechnen müssen, bis wir die Aufgabe im Schlaf können.

Schwierige Gleichungen

Ich rechne, wenn alle Familien im Kindergarten ein Fest feiern und wir uns so unvollständig fühlen.

Ich faktorisiere, wenn Familien am Sonntag für sich sein wollen und wir uns ausgeschlossen fühlen.

Ich subtrahiere, wenn Väter beim Schwimmkurs ihre Kinder anfeuern und wir uns beraubt fühlen.

Ich rechne und zähle Tage, Wochen, Monate ab. Seit vier Wochen bin ich Witwe, aber eigentlich bin ich schon seit Monaten alleinerziehend, wobei mich meine Eltern unterstützt haben. Sie können nicht immer bei mir sein, ich muss und will alleine zurechtkommen.

Ich betrachte die Zeit wie eine riesige Zahl, zu groß für Kopfrechnungen. Es braucht Zwischengleichungen und Nebenrechnungen. Ich subtrahiere kleine Einheiten, indem ich mir etwas vornehme. Ich zerstückle die Zeit, runde ab, indem ich Freunde einlade, und runde auf, indem ich auf Reisen gehe. Wir besuchen meine Eltern und Bekannte und selbst der Reha-Aufenthalt erleichtert mir den Rechenweg. Je kleiner die Zeiteinheiten sind, mit denen ich umgehen muss, umso leichter komme ich durch die Woche.

Einige Elemente meiner Gleichung hätte ich am liebsten ausradiert: den Gang zu den Behörden. Für alles brauche ich einen Schein mit einem Stempel. Ich schleppe mich zum Amtsgericht und zur Rentenversicherung, zum Jugendamt und zur Krankenkasse. Ich fülle Bögen aus und mache Häkchen immer wieder und wieder. Sie wollen, dass ich ein Kreuz bei Familienstand mache, aber es gibt nur Kästchen für alleinstehend, verheiratet und geschieden. Diese Behörden denken doch sonst an jeden Kram, aber dass man seinen Partner durch den Tod verliert, daran denken sie nicht? Die Spitze des Kugelschreibers drücke ich in das Papier und es droht zu reißen, aber ich zeichne mein eigenes Kästchen und schreibe „verwitwet“ daneben. Ob das Dokument jetzt ungültig ist? Es ist mir egal. Ich will, dass die Menschen wissen, dass ich keine alleinerziehende Mutter bin, weil meine Beziehung gescheitert ist. Wir waren glücklich verheiratet.

Schwer trage ich an den Amtsbriefen, als wären sie Steinplatten. Ich hieve die Sterbeurkunde zum Gericht, meißle meine Unterschrift in eine Empfangsbestätigung, um einen zentnerschweren Erbschein nach Hause zu schleifen.

Müsste nicht die Welt stillstehen? Müsste nicht die Behörde erstarren bei der Ungeheuerlichkeit meines Schicksals?

Die Beamten stempeln und kalligrafieren, stellen Rechnungen aus und ziehen sich ein Lächeln zwischen die Wangen, das dünn wie ein Bindfaden ist.

Dieses Gefühl, dass die Welt stehen bleiben müsste, kenne ich. So war es auch damals bei der Geburt unserer Kinder. Für uns war es das eindrücklichste Ereignis, und wir hielten den Atem an, bis das kleine Menschenkind anfing zu schreien.

Geboren-Werden und Sterben-Lassen erzeugen den gleichen tiefen Eindruck in meiner Seele. Eine Geburt ist ein persönliches Ereignis, der Tod ebenso. So wie ich nicht den Geburtstag wählen konnte, lässt sich auch nicht der Todestag bestimmen. Die Geburt ist persönlich. Der Tod ist persönlich. Das Sterben betraf nur Thomas. Es war eine Sache zwischen ihm und seinem Schöpfer. Das Einzige, was bei unserer Geburt sicher ist, ist, dass wir einmal sterben. Der Kreislauf des Lebens.

Ich spiele mit dem Ring an meiner rechten Hand und drehe ihn zu den kreisenden Gedanken.

„Bis dass der Tod uns scheidet." Das haben wir uns gegenseitig versprochen und ich habe mein Ehegelöbnis eingelöst. Ich bin eine Witwe und könnte den Ring abnehmen. Das schmale Band um meinen Finger symbolisiert viel für mich. Ihn abzunehmen gleicht einer komplizierten Gleichung aus tiefen Brüchen und großen Unbekannten.

Ich bewege mich durch die Wohnung und meine Erinnerung füllt die Lücken auf, die Thomas hinterlassen hat. Ich sehe ihn im Arbeitszimmer, sitzend mit der Gitarre auf dem Schoß, musizierend und komponierend, zwinkernd und lächelnd. Er ist eine Fata Morgana aus Sehnsucht, die am Küchentisch auftaucht, über dem Spielteppich schwebt oder auf dem Sofa lümmelt.

„Es ist nur ein optischer Effekt", sage ich zu meinem Herzen, und doch erschreckt es sich jedes Mal, wenn ich an Thomas' Arbeitszimmer vorbeigehe. Ich kann den Trugbildern entgehen, wenn ich die Umgebung verändere. Ich werde die Wohnung umräumen. Ich muss die Kulissen verschieben!

Ich zerlege, verrücke oder streiche meine Möbel. Das Ehebett schleppe ich in Einzelteilen in die Garage und stelle ein Gästebett auf. Auf der Vier-Quadratmeter-Matratze fühlte ich mich verloren, selbst wenn die Kinder hineinkrabbelten. Sosehr ich ihre Nähe liebe, ich brauche einen Rückzugsort. Einen Platz nur für mich und meine Tränen und meine Traurigkeit. Lang genug habe ich öffentlich geweint und mit verquollenen Augen am Küchentisch gesessen. Die Kinder schauten mich besorgt an. Einmal tippelte Eduard ins Bad und holte einen großen Wischlappen. „Mama tropft", sagte er und reichte mir den rauen Stoff. Tags zuvor hatte ich damit die Badepfützen aufgeputzt.

„Nicht beim Autofahren weinen“, mahnte Ferdi, als wir mit dem Auto unterwegs waren. Ich räusperte mich und nickte. Sie sorgen sich um ihre weinende Mama und auch ich habe das Gefühl, dass mir das Leben aus den Augen läuft.

Aber jetzt habe ich ein eigenes Schlafzimmer, mein Tränensalon, meine Kummerstube, mein Gebetszimmer.

Je mehr ich räume, umso eher finden auch meine Gefühle ihren Platz. Ich habe Übung im Rechnen mit Brüchen bekommen. Doch ein Zimmer stellt eine schwierige Aufgabe dar, wie eine partielle Differenzialgleichung.

Ich stehe im Arbeitszimmer und der Anblick von Thomas' Technik überfordert mich. Ich weiß nicht, für was man all die Geräte braucht, wie sie heißen und welchen Wert sie haben. Verstärker stapeln sich bis unter die Zimmerdecke, Kisten mit Kabeln stauben in der Ecke ein, und Pulte mit Reglern, Schiebern und Knöpfen stehen wie eine Parade auf dem Arbeitstisch. Vieles verschenke ich an Thomas' Freunde und einiges verkaufen sie für mich. Ich sehe die Begeisterung, wenn ich ihnen sage, dass sie sich etwas aussuchen sollen, und gleichzeitig ihre Trauer. Wir sind dann auf ganz besondere Weise miteinander verbunden und es tut gut zu sehen, dass auch andere ihn vermissen.

Von den zwölf Gitarren hebe ich seine Lieblingsinstrumente auf. Vielleicht werden unsere Söhne einmal musizieren.

Unermüdlich wühle ich mich durch die Schränke und frage mich, warum Thomas das alles überhaupt aufgehoben hat. Er war ein Sammler. In eine große Kiste lege ich seine Taschenmesser, Uhren, Sonnenbrillen und Kappen sowie Lieblingsshirts, Noten und Tagebuch hinein. Ich räume mich durch sein Leben und übrig bleiben eine Kiste und vier Gitarren.

Lichtjahre

Es ist weder ein Möbelstück noch ein Instrument, es ist die Ansage des Anrufbeantworters, die eine monströse Kulisse in meiner Wohnung entfaltet. Ich hetze aus der Küche und wische meine feuchten Hände an der Hose ab. Ich flitze aus dem Kinderzimmer und es ist ein Hürdenlauf über Spielzeug. Ich hechte aus dem Keller und nehme zwei Stufen auf einmal. Ich bringe Höchstleistung auf und hoffe, dass ich vor dem Start des ABs den Hörer abnehme, sonst sagt eine Männerstimme: „Hallo, Sie haben den Anschluss von Thomas und Susanne Luck gewählt ..."

Es ist keine Computerstimme, sondern die von Thomas, die die Anrufer freundlich begrüßt und in meiner Wohnung die Vorstellung entfaltet, dass wir noch eine komplette Familie sind. Die Kinder kommen angetapst: „Papa ist da. Ich habe Papa gehört."

Wenn das passiert, brauche ich Stunden, um die Kulisse zu demontieren. Es wäre vernünftiger, die Ansage zu erneuern. Sie ist schnell gelöscht, aber dann ist sie für immer weg.

Meine Jungs sind im Kindergarten und ich bin bereit, mich dem blinkenden Auge des Anrufbeantworters zu stellen. Ich starre es an, mein Finger schwebt über der Aufnahmetaste. Wie eine Agentin aus einem Actionfilm versuche ich, das

Richtige zu tun. Roten oder blauen Draht durchschneiden, Aufnahmetaste oder Abbruchtaste drücken? Ich atme durch und tue nichts.

„Aber nur einmal", ermahne ich mich, drücke die Tasten meines Handys und rufe mich selbst an. Ich lasse das Telefon viermal klingeln, dann sagt Thomas: „Hallo."

Ich lege auf.

„Ein allerletztes Mal, okay?", verhandle ich mit mir und drücke Wahlwiederholung.

„Hallo, Sie haben den Anschluss von Thomas ..."

Warum mache ich das? Ich habe viele Aufnahmen von Thomas. Ich kann mir seine CDs jederzeit anhören.

„Aber, aber", stottere ich, „keine Aufnahme ist so alltäglich und spontan wie diese AB-Ansage."

Ich atme mehrmals durch und übe.

„Hallo ... hier ... ist der Anschluss ..."

Die Pausen sind viel zu lang. Durchatmen. Sprechtest.

„Hallo, hier ist der Anschluss von Susanne und Tho..."

Macht der Gewohnheit. Erneuter Versuch. Ich übe und übe. Einen ganzen Vormittag benötige ich, um eine siebensekündige Ansage zu sprechen. Sekunden auf einer Sprachbox, aber Lichtjahre in meinem Herzen. Ich habe mich bewegt, meine Zeiteinheit darf auch in Entfernung gemessen werden.

Die Leute sagen, dass die Zeit Wunden heilt. Nichts tut sie. Die Zeit vergeht und die Wunde bleibt. Aber wenn man sich durch die Zeit bewegt, dann wird es licht im Innersten. Ob Zeit oder Entfernung, Gott und Glauben sind davon losgelöst.

Ich bin dankbar für die Menschen, die mir helfen. Die

einfach anpacken, die mit dem Rasenmäher durch den Garten zuckeln, Winterreifen wechseln, Wände streichen und Essen kochen, die ich jederzeit anrufen kann oder die mich in den Arm nehmen, die meine Jungs abholen und mit ihnen auf den Spielplatz gehen. Ich verkaufe unser großes Auto und ein ehemaliger Rennfahrer begleitet mich zum Händler. Ohne ihn hätte ich einen Wagen nur nach Farbe und Kofferraum gewählt. Ich nehme meinen größten Koffer mit. Wenn der in das bunte Auto passt, nehme ich es. Aber nein, mein Rennfahrer fährt sein ganzes Expertenwissen auf und verhandelt für mich. Nun fahre ich ein froschgrünes Auto. Es nennt sich Microvan, ein Angebername für Kleinstwagen.

Der Rennfahrer und die Tapezierer, die Aufräumer und Kinderbespaßer, die Mittagsköchinnen und Tränentrocknerinnen, die Umarmerinnen und Beter, die Freudenbringer und Mutmacherinnen, sie alle können nicht ahnen, wie wertvoll mir ihre Hilfe ist.

Einmal im Monat ist eine Schachtel Pralinen mit einem Hundert-Euro-Schein in meinem Briefkasten, ohne Absender, einfach so. Ich bin neugierig. Wer ist dieser Mensch? Ich rätsle mich durch meinen Bekanntenkreis und werde nicht fündig. Es sind diese Gesten, die mir zeigen, dass ich nicht von Gott verlassen bin. Es sind die stillen Gesten, die mich wissen lassen, dass das Leben schön ist.

Ich zähle die Tage und warte auf den einen, an dem ich keine Tränen vergieße. Inzwischen sind drei Monate vergangen und ich weine noch immer, aber nicht mehr ungehemmt. Ich kenne die Auslöser, der stärkste ist die Musik. Sobald ich Gitarrenklänge höre oder Songs, die Thomas gecovert hat, explodiert in mir der Schmerz. Sein Rasierwasser hat den gleichen Effekt. Manchmal suche ich die Schmerzexplosion und rieche bewusst an der Parfumflasche. Wieso? Ich sorge mich, dass die Gefühle und Erinnerungen sich verändern. Was ist, wenn ich sein Lachen vergesse, seinen Geruch oder die Art, wie er sich bewegt hat? Eduard ist zu klein, um sich später noch an seinen Papa erinnern zu können. Ich muss Erinnerungsarbeit leisten und fühle mich davon überfordert. Es zieht mich in zwei Richtungen, in die Vergangenheit und die Zukunft. Es droht mich zu zerreißen.

Meine Gefühle sind ebenfalls widersprüchlich. Ich kann Freude empfinden und im nächsten Moment traurig sein. Das irritiert mein Umfeld. Sie denken, wenn meine Tränen versiegen, wird es mir besser gehen. Das ist absurd. Die Masse meiner Tränen ist nicht proportional zu meiner Traurigkeit, aber enge Vertraute halten meine Ambivalenzen aus.

Es soll ein besonderer Abend in München werden. Ich habe mich hübsch gemacht, die kurzen Haare gegelt, Schmuck angelegt und ein feines Kleid angezogen. Mein Outfit sagt meiner Seele: „Jetzt wird gefeiert!"

In einem Klub in München gibt es Livemusik und es ist perfekt. Ausgelassen tanzen meine Freundin und ich, albern herum und bewegen uns wie Frauen, die sich schön fühlen und Männerblicke nicht brauchen. Bei manchen Songs sind wir alleine auf der Tanzfläche und wir wissen, dass man uns beobachtet. Meine Freundin ist Schauspielerin und stellt pantomimisch die Liedinhalte dar. Ich lache, bis mir der Bauch wehtut, und japse nach Luft. Die Leute werden denken, wir haben Drogen genommen, dabei haben wir nicht einmal Alkohol getrunken, denn ich muss mit meinem Microvan noch nach Hause fahren. Ich tanze und mir läuft der Schweiß den Rücken runter, die Musik treibt mich immer weiter. Ich wusste nicht, dass so viel Energie in mir ist.

An der Bar warten wir auf unseren Kirsch-Bananen-Saft und ich beobachte das Gewusel um mich herum: Hotelgäste, Partyleute, Tänzer, Bedienungen und Musiker. Sehnsucht steigt auf, denn der Sänger könnte Thomas sein. Ich weiß, dass ich in jeder Kleinigkeit eine Erinnerung aufspüren könnte. Manchmal nehme ich die Fährte auf, aber immer häufiger will ich die Richtung meines Lebensweges selbst bestimmen. Dankbarkeit rinnt in meine Wehmut wie die Zutaten meines Cocktails. Der Kirschsaft sickert in den dickflüssigen Bananensaft und obendrauf schwimmen Eiswürfel. Man könnte kräftig rühren, aber dann wäre das Farbspiel zerstört. Ich tröpfle die Dankbarkeit für zehn Ehejahre, für unsere Kinder, für schöne Erlebnisse und tief empfundene Liebe in meine Traurigkeit. Ich will nichts verrühren, sondern beobachten, wie sich die Zutaten meines Seelencocktails bewegen. Gelb und rot, hell und dunkel, schwer und leicht.

Der Bass setzt ein und ich suche den Musiker auf der Bühne. Oft sind das zurückhaltende Menschen, die nicht im Rampenlicht stehen wollen und erst auffallen, wenn sie überhaupt nicht spielen.

Basstöne streicheln nicht die Ohren, sie schlüpfen zwischen die Rippen, vibrieren im Bauch und kitzeln an den Fußsohlen. Sie können mich verschlucken oder einen Klangteppich ausrollen und mich wie auf Aladins Teppich davontragen.

Die schweren Momente können mich verschlucken oder tragen. Immer häufiger tragen sie mich und dann schaue ich hinab und sehe auch all das Schöne, was mein Leben bereithält.

So wie die Basstöne die schönsten und leichtesten Melodien tragen, werden meine schönen Tage von den schweren getragen.

Ich lebe in einer Gleichzeitigkeit aus Freude und Trauer, Festhalten und Loslassen, Vergangenheit und Zukunft. Es ist kompliziert. Ich bin kompliziert und bewege mich zwischen Ambivalenzen. Es müsste eine Gebrauchsanweisung geben für mich und für andere. Es gibt keine, aber ich könnte für meine Mitmenschen eine anfertigen.

Ich nenne sie *Handreichungen für den Umgang mit Trauernden.*

1. *Bitte wende dich nicht ab, nur weil du nicht weißt, wie du mir begegnen sollst. Ich bin selbst unsicher im Umgang mit Trauer und Schmerz.*

2. *Gib mir einen Blanko-Entschuldigungsschein für all die Momente, in denen ich mich merkwürdig benehme. Es hat nichts mit dir zu tun, wenn ich abweisend, launisch, ärgerlich oder schweigsam bin.*

3. *Zeige mir auch deine Trauer und lass uns über den Verstorbenen sprechen. Dann weiß ich, dass mein Empfinden normal ist.*

4. *Habe keine Scheu vor meinen Tränen. Wenn ich weine, bin ich nicht trauriger als sonst.*

5. *Hilf mir zu verstehen, was meine Tränen bedeuten. Ist es Einsamkeit, Überforderung, Erschöpfung, Sehnsucht, Wut, Vermissen, Ratlosigkeit?*

6. *Bitte sei geduldig, wenn ich mich wiederhole, und lass uns auch mal schweigen.*

7. *Wenn du mir helfen möchtest, dann tu es! Warte nicht, bis ich dich anspreche. Ich bin oft zu erschöpft, um an Rasenmähen, Reifenwechsel, Einkauf, Behördengänge und Kochen zu denken.*

8. *Du musst nichts Besonderes für mich planen. Nimm mich mit in deinen Alltag. Ich brauche das Gewöhnliche.*

9. *Denk mit mir an meine Jahrestage wie Geburtstag, Todestag, Hochzeitstag.*

10. *Gib mir keine Ratschläge und vergleiche mich nicht mit anderen Trauernden.*

11. *Finde keine Antworten für Warum-Fragen. Ermutige mich, mit jedem Warum zu Gott zu gehen.*

12. *Werde nicht müde, mich an Gottes Verheißungen zu erinnern.*

13. *Hilf mir, eine neue Zukunft zu sehen. Anders, aber auch schön.*

14. *Lass uns alles über den Himmel herausfinden. Das Himmlische ist tröstlich.*

15. *Zeige mir, dass ich nichts „für den Verstorbenen“ tun muss. Ich muss meine Identität neu finden, ein neues eigenes Leben aufbauen.*

16. *Feiere mit mir jeden Fortschritt. Wir machen auch mal Pause während der Trauerarbeit.*

17. *Verliere nicht deinen Humor, wenn wir zusammen sind. Er tut gut. Gibt Leichtigkeit.*

18. *Lass mich spüren, dass ich lebe, ob durch gemeinsames Lachen, Wandern, Wellness und Kunst erleben oder einfach mal bummeln gehen.*

19. *Wenn ich mit dem anderen Geschlecht zusammen sein möchte, suche ich nicht automatisch einen Partner. Ich brauche den anderen Blickwinkel.*

20. *Ich kann Trauer und Freude sehr intensiv empfinden. Wundere dich nicht, dass beides nebeneinander existiert.*

Ich nummeriere mich durch meine Trauer und bin froh, dass es mehr als nur eine dicke Schmerzsuppe ist, die sich zähflüssig durch meine Seele zieht. Die Trauer ist keine diffuse Masse mehr, ich kann sie in Einzelteile zerlegen. Es gelingt mir zu benennen, was in mir und mit mir passiert, und ich bin erleichtert, weil ich spüre, dass sich die Trauer verändert.

Guck mal!

Die Routine der Kinder hilft mir, mich in meinem Alltag zu orientieren. Ich muss Essen besorgen, kochen und Wäsche waschen. Ich muss mir Ferdinands Quatschlieder aus dem Kindergarten anhören.

„Oh Tannenbaum, oh Tannenbaum, die Oma hängt am Gartenzaun, der Opa ruft die Feuerwehr, die Feuerwehr kommt nackig her."

Er amüsiert sich und kichert und steckt mich an.

Eduard hat die Guck-mal-Phase erreicht. Er ruft: „Gucke mal!", und führt ein Kunststück nach dem nächsten auf. Das sind seltsame Purzelbäume, mit der Zungenspitze die Nase berühren oder ganz schnell laufen. Er rennt und rennt und ich renne hinterher, fange ihn ein und werfe ihn in die Luft. Dann ruft er: „Noch mal!"

So koche, spiele, lache und renne ich durch den Tag, bis wir wohltuend erschöpft sind.

„Ich bin nicht müde", protestiert Ferdinand und reibt seine Augen.

„Ich auch nicht", erschallt das Eduard-Echo.

Ich decke sie trotzdem zu und setze mich auf den Teppich zwischen die zwei Kinderbetten. Meine Augen fallen schon fast zu und am liebsten würde ich unser Gute-Nacht-Ritual abkürzen. Gebet. Küsschen. Fertig.

„Mama, erzählst du eine Geschichte von Kasimir?"

Kasimir heißt der graue Plüschelefant. Seit ich mir einmal eine Geschichte ausgedacht habe, weil ich keine Lust zum Vorlesen hatte, fragen sie ständig nach Kasimir. Mir fällt weder etwas Lustiges noch Originelles ein, also erzähle ich einfach unseren Tag. Hinter Kasimir und seinem kleinen Bruder verbergen sich Ferdinand und Eduard. Ich bin Mama-Elefant, die ihren Lieblingen Milchreis, Eierkuchen und Kaiserschmarrn zubereitet. Unsere Gute-Nacht-Geschichte ist jedes Mal ein Gemeinschaftsprojekt aus den täglichen Begegnungen. Kasimir geht in den Kindergarten. Kasimir hat Aua am Knie. Kasimir lernt ein Lied. Kasimirs kleiner Bruder ist den Stuhl hochgeklettert. Mama-Elefant schimpft und tröstet, putzt und spielt, lacht und weint – alles auf einmal. So weiß ich wenigstens, was meine Söhne beschäftigt.

„Ob Papa sieht, was wir machen?"

„Hm, das weiß ich nicht, aber wir können Jesus erzählen, was wir machen, und er kann es dem Papa sagen."

Die Kinder nicken eifrig und ihre Augen schimmern glasig vor Müdigkeit.

„Lulalong hab fliegen, dann mit Ninad Auto spielt. Amen", sagt Eduard. Ferdinands Gebet ist länger und ist identisch mit der Kasimir-Geschichte.

„So, nun schlaft schön." Ich drücke jedem Kind einen Kuss auf die Stirn.

Endlich, endlich, endlich habe ich Zeit für mich und bringe mich selbst zu Bett. Wie sehr ich den Schlaf liebe, der mich aus dem Tag hebt. Ich träume Bilder, Worte und Töne. Manchmal wache ich auf, weil ich Musik höre, aber es ist still. Ein Lied schwingt in mir wie ein Hauch in meiner Seele. Ich weiß nicht, woher es kommt und wohin es geht, ich kann es weder aufschreiben noch wiedergeben.

Es erinnert mich an die Bibelstellen, die Gottes Geist mit einem Wind vergleichen. Im Hebräischen heißt es Ruach und das Wort klingt wie ein Hauch. In der jüdischen Bibel lautet ein Vers: „Gottes Geist hat mich gemacht und der Hauch des Allmächtigen hat mich belebt."

Meine geträumte Musik erinnert mich an diese Bibelverse, die mir kostbar waren. In den letzten Wochen habe ich sie ignoriert. Nicht, weil ich an Gott zweifle, sondern weil ich enttäuscht bin. Ich habe himmelhoch gehofft und bin erdtief gefallen. Die geträumten Melodien flicken mein Gottvertrauen, sie lassen mich in der Bibel lesen und ich suche Verse, in denen mein Name auftaucht: Susanne, die Lilie oder Feldblume. Einen wahren Schatz hebe ich, als ich im Hesekiel lese: „Du sollst am Leben bleiben, ja, du sollst leben und heranwachsen wie eine Blume auf dem Feld. Du blühtest auf und wurdest zu einer schönen Frau voller Anmut." Es heißt weiter, dass Gott mir die Treue schwor, mich mit duftenden Ölen salbte und mit Honig ernährte, mir Schmuck anlegte und mich in Seide kleidete. Die Frau, die einer Feldblume glich, wurde wertgeschätzt und mit Kostbarkeiten bedacht. Sie wurde nicht nur gesehen, sondern auch beschenkt. Der uralte Text berührt mich.

So könne man aber keinen Bibeltext auslegen, mögen Kritiker sagen. Nun ja, der Geist Gottes weht, wo er will, und diesen Vers hat er in mein Herz gepustet. Dort breitet er sich aus und strömt bis in meine Seele.

Ich bin: Erwählt! Geliebt! Beschenkt!

10. Die Trauer bewahrt die Erinnerungen

Ich bin die Trauer und gehe durch die Zeit. Ich schaue mit dir zurück und wir erinnern uns an die Vergangenheit. Ich blicke mit dir nach vorn und wir planen die Zukunft. Du wirst älter und du veränderst dich. Das geschieht, weil Leben geschieht. Auch deine Erinnerungen werden sich verändern. Sorge dich nicht! Das Andenken bleibt lebendig, wenn du lebendig bleibst. Sobald du anfängst, Vergangenes zu konservieren, stirbt es. Wenn du deine schönsten Erlebnisse luftdicht verschließt, werden sie ersticken. Wenn du die glücklichsten Momente auf dem Wohnzimmerregal drapierst, stauben sie ein und werden grau.

Anfangs werden Erinnerungsstücke dich in den Schmerz katapultieren: die Armbanduhr in der Nachttischschublade, ein vergessenes T-Shirt, das zwischen Polstern klemmte, oder der verschwundene Bibliotheksausweis, der in einem Beutel lag. Sie tauchen ohne Vorwarnung auf und du bist überrascht, dass diese Kleinigkeiten so heftige Gefühle in dir auslösen.

Doch die Zeit arbeitet für dich. Es wird der Moment kommen, an dem Erinnerungen sanfte Gefühle und Bilder in dir schaffen, vielleicht sogar komische Bilder. Eine Unart, die dich immer am anderen geärgert hat, lässt dich lächeln, weil du sie plötzlich vermisst. Wer hätte das gedacht?

Am Anfang trübt der Schmerz jeden Gedanken, du versuchst, dich zu schützen, und panzerst deine Seele wie eine Muschel.

Wenn ein Fremdkörper in eine Muschel dringt, legt sie einen Mantel aus Perlmutt darum, Schicht für Schicht, bis eine Perle entsteht. Nimm den Schmerz an und lege ihn in deine Seele. Ich helfe dir, dass sich Schicht für Schicht schöne Erinnerungen daraus bilden. Es wird der Tag kommen, da nimmst du deine Erlebnisse wie ein Schatzkästchen hervor, öffnest es und betrachtest die Perlen aus vergangenen Erlebnissen. Jede wird einzigartig sein, unterschiedlich in ihrer Größe und ihrem Farbverlauf, vielleicht mit Schatten und kleinen Rissen oder Dellen – einzigartig eben. Du nimmst die Erinnerungsperlen in die Hand, du kannst sie sogar weiterreichen, und wenn jemand die Perle gegen das Licht hält und sie bestaunt, wirst du dich lebendig fühlen.

Wir gehen gemeinsam durch die Zeit

Susannes Schlafzimmer wurde zu einem Tränensalon. Wir trafen uns jeden Abend. Sie hatte das ehemalige Gästezimmer umgeräumt und nannte es nun „mein Mädchenzimmer". Es war gemütlich und ich fühlte mich wohl. Neben Bett und Sideboard hatte sie die Konzertgitarre und einen Stuhl hingestellt. Ich staunte, wie behutsam die Kinder mit dem kostbaren Instrument waren. Sie berührten es, wenn überhaupt, nur mit den Fingerspitzen. Wenn die Kinder schliefen, nahm sie die Gitarre und spielte einzelne Noten.

„Ich kann das nicht", sagte sie und zupfte weiter.

„Schön", flüsterte ich.

„Es sind doch nur ein paar Noten und die schnarren sogar."

„Es sind Herzensnoten."

Ich hörte den kleinen Melodien und selbst den langen Pausen zu, wenn sie den richtigen Ton suchte. Verfehlte sie ihn, verzog sie das Gesicht oder klopfte auf den Instrumentenkorpus. Sie bearbeitete das Instrument und synchron dazu ihre Seele. Wenn sie aufgeben wollte, sagte ich: „Nein, bitte nicht, es ist eine wunderschöne, ehrliche Musik. Mach weiter."

„Thomas würde es schrecklich finden. Jeder falsche Ton verursacht ihm Schmerzen."

„Glaube mir, er würde es wunderschön finden, dass du sein Instrument spielst, dass du es in den Arm nimmst und stimmst."

„Wenn ich an den Saiten schnuppere, rieche ich sein Rasierwasser."

Sie beugte sich über das Instrument und sog den Geruch nach Holz und Parfum auf. Susanne fing an zu weinen und ich sammelte ihre Tränen ein. Ich war sehr beschäftigt, aber das ist nun einmal meine Aufgabe.

Schwieriger war es, ihre Tränen beim Autofahren einzusammeln. Sie fuhr zügig, trotz ihres Tränenschleiers. Ich machte mir Sorgen, aber dann sagte Ferdinand: „Mama, du darfst nicht beim Autofahren weinen."

Ich tätschelte dankbar den gescheiten Burschen.

Susanne sagte: „Wir können Musik hören."

„Nein", und ich drückte die Aus-Taste, „auf keinen Fall. Dann weinst du nur noch mehr."

Sie hörte auf mich und wir vertrieben uns die Zeit, indem wir Automarken aufzählten. Ich lernte sehr viel von den Kindern über BMWs und MAN-Lastwagen, Hardtops und Cabrios.

Die Kleinen spielten mit Autos wie andere mit Puppen. Die Spielautos hatten Gesichter und Namen. Einige davon hatte Susanne damals gekauft, sie mit in die Klinik genommen und ein

Video gedreht, wie Thomas das Spielzeug vor der Linse bewegte und erklärte, welches Auto Eduard und welches Ferdinand bekommen sollte. In Susannes Handtasche klapperten die kleinen Autocharaktere neben Feuchttüchern und Getränkeflaschen, wenn wir zu Fuß unterwegs waren.

„Wann stirbst du?", fragte Ferdinand eine Dame in der S-Bahn.

Sie war erschrocken und sprachlos.

„Mein Papa ist tot gestorben. Jeder stirbt. Wann stirbst du?", plapperte er und seine Beinchen baumelten vom Sitz.

Erst wollte Susanne eingreifen, aber dann zuckte sie nur mit den Schultern. Ich weiß, was sie dachte: „Ich muss mit diesen Fragen zurechtkommen, dann sollen es andere auch."

Wir gingen in die Bibliothek. Das taten wir immer, wenn das Wetter schlecht war. Die Familie ging jeden Tag hinaus. Scherzhaft nannte Susanne es Gassigehen. Ich war schon lange nicht mehr so viel an der frischen Luft gewesen. Oft hocke ich in einem Spital, Hospiz oder Altenheim. Trauernde ziehen sich in ihre Stuben zurück und mummeln sich in Decken ein. Aber mit der kleinen Familie war ich jeden Tag draußen, selbst wenn es regnete und der Wind unter mein Gewand wirbelte.

In der Bibliothek schälten wir uns aus der Kleidung und die Buben bekamen rote Bäckchen. Wie gesund die beiden aussahen. Man sah der Familie nicht an, was sie erlebte. Ich schlenderte durch die Gänge, die Kinder waren mit ihren Bilderbüchern beschäftigt oder plauderten mit Kindergartenfreunden, die sie trafen.

„Zeig mal, Mama!"

Zwei Bücher hielt Susanne in der Hand. Ich kannte sie.

Die Bibliothekarin schielte über ihren Brillenrand. „Wollen Sie wirklich diese mitnehmen? Wir haben auch lustige Bücher da."

Susanne erwiderte: „Wieso denn nicht? Das sind Klassiker."

Die Frau beugte sich vor und ich konzentrierte mich auf ihr Flüstern. „Aber in diesen Geschichten stirbt jemand."

„Ich weiß."

„Sie können die Kapitel ja überspringen", riet sie.

„Nein, man kann das Kapitel Tod nicht überspringen, weder in Büchern noch im Leben."

Susanne steckte Nils Holgersson und Pinocchio in ihren Rucksack.

Ich war so stolz auf sie. Sie arbeitete sich Stück für Stück durch den Schmerz und manchmal war sie so schnell, dass ich nicht hinterherkam. Dann gingen sie ohne mich in ein Puppentheater oder ins Schwimmbad.

Zur Nacht trafen wir uns in ihrem Tränensalon, meine Besuche wurden kürzer und ihre Tränen weniger. Ich fragte sie, ob wir ihr Zimmerchen in Hoffnungskabinett umbenennen wollten. Sie fand das gut, nickte und blätterte in einem Reiseführer über Kalifornien.

„Was hast du vor?", fragte ich und betrachtete Menschen in quietschbunten Tierkostümen. Sie standen unter einem Schild mit der Aufschrift Disneyland.

„Meine Freunde nehmen mich mit in die USA. Stell dir vor, sie verbringen ihren Jahresurlaub mit einer Witwe und zwei lebhaften Buben."

„Das müssen ganz besondere Freunde sein."

Susanne nickte, wischte sich die Tränen ab und flüsterte, dass sie die Reise so gern mit Thomas gemacht hätte.

„Ich weiß, ich weiß", murmelte ich und küsste ihren Scheitel. Das immer länger werdende Haar kitzelte meine Nase. Dann nahm ich ihr Gesicht in meine Hände und fragte: „Darf ich mit? Ich war noch nie in Disneyland."

Ihre Augen blickten streng, aber ihre Lippen kräuselten sich vor Vorfreude. „Ja, aber die Kinder dürfen bestimmen, mit welchem Karussell wir fahren."

Ich wache über deinen Erinnerungen, denn ich bin die Trauer und meine es gut mit dir.

11. *Lebensmut*

Eduard schläft zusammengerollt auf dem Sitz und Ferdinand starrt seit sechs Flugstunden auf das Display an der Rückenlehne seines Vordermannes. Seine Augen sind glasig und er ist völlig übermüdet, aber ich lasse ihn trotzdem schauen, denn den Passagieren sind schlafende und Filme guckende Kinder am liebsten. Wer will schon auf einem Flug über den Atlantik hören, dass Ferdinand bis einhundert zählen kann und Eduard bis zehn, wieder und wieder, unermüdlich?

Ich fasse es nicht, dass ich tatsächlich diese Reise mache. Meine Freunde nehmen mich mit und bei einer Bekannten werde ich wohnen. Sie lud mich sofort ein, als sie von meinen Plänen erfuhr. Ich bin aufgeregt, weil ich Kontinent und Jahreszeit wechsle, weil die vielen neuen Eindrücke mich von meinem Schmerz entfernen. Meile um Meile. Ich streichle Eduards Kopf und betrachte die Navigationsanzeige. Das kleine Flugzeug zuckelt über den Bildschirm und ich stelle mir vor, wie ich von meinen widersprüchlichen Gefühlen Abstand gewinne. Wie ein Gummiband ziehen sich meine Ambivalenzen in die Länge, zwar in München verankert, aber immer dünner werdend, je weiter wir fliegen. Ich darf das, was mich beschäftigt, nicht plötzlich loslassen.

War es als Kind nicht schmerzhaft, wenn bei der Gummihopse oder beim Fadenspiel zu zweit plötzlich einer losließ? Die Haut brannte und man schimpfte mit dem Gegenüber. Auch das Loslassen muss gelernt werden, nicht alles auf einmal, sonst brennt es in der Seele. Nur in kleinen Einheiten, wie die einzelnen Fasern eines Gummis. Sie fluppen mit geringer Spannung in die Luft hinein. Man merkt erst, dass man viele Fasern losgelassen hat, wenn das Gummiband ganz dünn geworden ist und es ein Leichtes ist, es zu halten.

Faser für Faser lasse ich los. Ich muss nichts mehr „für Thomas“ tun. Flupp! Ich treffe Entscheidungen für mich und die Kinder. Flupp! Ich muss das Geschirr nicht mehr ihm zuliebe in dieser bestimmten Ordnung in den Schrank räumen. Flupp! Ich muss keine Beziehung zu all seinen Freunden aufrechterhalten. Flupp! Ich kann das Wohnzimmer so einrichten, wie es mir gefällt. Flupp! Ich kaufe mir eine Kaffeemaschine, auch wenn ich die Einzige bin, die Kaffee trinkt. Flupp! Ich nehme meinen Ehering ab. Flupp!

Von einem Goldschmied habe ich mir unsere Eheringe zu einem Ring vereinen lassen, den ich an meiner linken Hand trage. Meine Finger müssen sich an den ungewohnten Schmuck gewöhnen. Diese kleine Ermahnung auf meiner Haut hilft mir zu begreifen, dass ich ohne Thomas in meine Zukunft gehe. Manchmal weiß ich nicht, wie ich das finanziell schaffen soll. Kann ich in der Wohnung bleiben? Wie viele Stunden muss ich mit meinem angeschlagenen Gesundheitszustand arbeiten gehen? Angesichts meines Kontostandes ist es unvernünftig, für drei Wochen in die USA zu fliegen. Aber meine Familie und meine Freunde drängen mich, es zu tun, und sammeln Geld dafür. Nur dafür soll es sein, sagen sie, und für alles andere wird sich auch eine Lösung finden. So reden sie mit mir.

Die Trauer in mir ist ruhiger geworden. Ich spüre ihre Gegenwart, aber sie hat sich verändert, ist nicht mehr so aufdringlich und laut. Oder habe ich mich verändert?

Wir lassen uns von den Wellen jagen. Es sind starke Wellen, die sich den Strand hocharbeiten und sich kraftvoll wieder zurückziehen. An jeder Hand habe ich ein Kind und wir rennen vor und zurück, purzeln in die Gischt und rappeln uns wieder auf. Die Jungs sind übermütig und lassen sich absichtlich fallen, wie Seehunde werden sie an den Strand gespült und ich hieve sie sand- und salzverkrustet hoch. Die Luft, das Wasser und die Bewegung machen mich müde – wohltuend müde. Faul liegen wir am Strand und schnabulieren gefriergetrocknete Erbsen. Was es hier alles gibt!

Wenn man mit zwei Kindergartenkindern unterwegs ist, schleppt man eine Menge Zeug mit sich herum: Buggy, Spielzeug, Wechselkleidung, Essen. Wie handhabe ich es am besten, wenn ich in einen Bus steige? Ich will kein Kind alleine im oder vor dem Bus warten lassen, während ich den Buggy trage. Doch meine Sorge ist unbegründet. Immer ist jemand da, der mir hilft und mich anlächelt. Nie muss ich mich alleine abmühen.

„Siehste!"

Wo kommt diese Stimme her?

„Ich habe dir versprochen, dass ich mich um dich kümmere."

„Ja, hast du, auch wenn ich dachte, dass du das anders machst."

Ich rede mit Gott in einem amerikanischen Bus, sage ihm, dass alles einfacher gewesen wäre, wenn er Thomas geheilt hätte. Erkläre, dass ich gerne verheiratet war und zu jung bin, um alleine zu bleiben.

„Mama? Mit wem sprichst du?“

Ferdinand wendet seinen Blick von Dodges und Chevrolets ab und schaut mich neugierig an.

„Ich spreche mit Gott.“

„Ach so. Sagst du ihm, er soll Papa sagen, dass es hier ganz dolle Autos gibt?“

„Mach ich, mein Schatz. Das mache ich.“

Ich hebe Eduard höher auf meinen Schoß, damit er die bunten Reklamelichter sieht. Überall blinkt und funkelt es und ich wische meine Tränen an Eduards T-Shirt ab.

Einen Gedanken wälze ich seit Wochen. Wie die Wellen am Strand kriecht er in meiner Seele hoch, schlägt sich zu weißem Schaum und zieht dann wieder meerwärts: Gott und das Leid. Es geschieht viel Zerbruch in dieser Welt und ich weiß nicht, wie ich das in Einklang bringen kann mit einem gütigen und allmächtigen Gott. Das Bild, das ich von meinem Gott hatte, zersplittert und fügt sich zu einem neuen Mosaik. Manche Scherben bleiben übrig und ich hoffe, dass sie sich später in das Gesamtbild einfügen lassen.

„Wir erkennen nur Stückwerk“, notierten die antiken Bibelschreiber. Wie könnten wir meinen, alles über einen allmächtigen Gott erklären zu können. Wäre er noch allmächtig, wenn das gelänge? Mich ermüden die Gläubigen, die auf alles eine Antwort haben. Bei den Suchenden und Zweifelnden fühle ich mich wohl. Lieber schaue ich in ein zersplittertes Gottesbild, in das sich noch Mosaikteile einfügen lassen, als dass ich in ein komplettes, erstarrtes Bild schaue. Scherben besitzen eine größere Fähigkeit für Reflexionen, denn in ihnen bricht sich das Licht in seinen Spektralfarben. Ich nenne es Regenbogen und es ist das Symbol für Gottes Versprechen: Ich bin für dich da!

Wüstenwanderung

„Noch mal! Noch mal!", tönt es zweistimmig und die Kinder ziehen mich zum Einstieg der Raupenbahn. Wir fahren durch riesengroße Äpfel, überqueren Lollis und werden von einer haushohen Melone mit Wasser besprenkelt.

„Guck mal, Eduard, jetzt sind wir die *Raupe Nimmersatt.*"

Wir fressen uns durch Urlaubserlebnisse, bis wir dick und rund sind. Wir bestaunen eine Parade, wir klettern auf eine Dampflok, sehen Robben und Seekühe, fahren Cablecar und Fähre, tollen in einem Redwoodwald unter Bäumen, die so groß und schön sind, wie kein Freizeitpark sie hätte nachbauen können. Wir sind pappsatt von schönen Erlebnissen und hätten uns wie die *Raupe Nimmersatt* darin einspinnen können, hätten uns verpuppt und wären mit Flügeln wieder geschlüpft. Aber vielleicht geschieht genau das in unserem Urlaub? Meiner Seele wachsen Flügel und sie heben mich aus dem Schmerz, ab und zu, mehr und mehr.

Ich gewinne an Höhe, bekomme eine neue Perspektive und schaue auf mein Leben. Wer bin ich ohne Thomas? Was kann ich und möchte ich tun? Wovon träume ich? Ich bin es so sehr gewohnt, als Wir zu denken, dass ich es erst lernen muss, als Einzelperson zu entscheiden. Es ist, als würden sich meine zusammengefalteten Flügel langsam ausrollen. Mein Flug ist ein Rumeiern in der Luft. Mal geht es himmelhochjauchzend, weil ich mich freue, etwas Neues auszuprobieren, und mal geht es erdentiefschluchzend, weil mir das Leben zu zweit fehlt. Es ist ein torkelnder Schmetterlingsflug, aber es ist ein Flug.

„Wann bekommen wir einen neuen Papa?“, fragt Ferdinand, „Volker ist nett.“

„Ja, aber er ist verheiratet“, antworte ich.

„Ist das wichtig?“

„Er ist Papa für seine Kinder. Für uns ist er ein Freund.“

„Und wann bekommen wir einen neuen Papa?“

Die Kinderfrage offenbart, dass Vaterschaft eine Tätigkeitsbeschreibung ist und dass sich Ferdinand wie jedes Kind danach sehnt, Mama und Papa zu haben.

„Waaaaann? Maaaaamaaaaa!“

„Was?“

„Wann bekommen wir einen neuen Papa?“

„Das weiß ich nicht. Es müsste jemanden geben, der sich in uns drei verliebt und wir in ihn. Das kann man nicht planen.“

Außerdem weiß ich nicht, ob ich mich jetzt schon neu verlieben könnte nach so kurzer Zeit, und wer würde sich auf uns drei einlassen?

Ich mache eine Umfrage unter den Männern meiner Freundinnen, ob es ihnen schwerfallen würde, die Kinder eines anderen großzuziehen. Die Antworten sind so vielfältig, dass sie mir nicht weiterhelfen. Sie lauten „Auf keinen Fall“ und „Niemals“ bis hin zu „Selbstverständlich“ und „Warum denn nicht?“.

Ich weiß nicht, ob ich mich auf eine neue Partnerschaft einlassen kann. In meinem Herz ist kein Platz dafür, außer es würde sich weiten. Aber ein zu großes Herz ist krankhaft und nicht belastbar. Es müsste möglich sein, dass mein Herz heil wird, weich und beweglich bleibt und keine verhärteten Narben trägt. Mein Herz braucht eine gute Wundheilung mit Salben und Verbänden. Wenn meine Mutter meine aufgeschürften Knie versorgte, dann brannte es. Sie legte Mullkompressen darauf und erneuerte später den Verband. Dann ziepte und zerrte es an der Haut. Neugierig betrachtete ich die Krustenbildung, und Mutter schimpfte, wenn ich den Schorf mit den Fingern abzupfte.

„Lass das, sonst bekommst du Narben."

Ich klopfe mir selbst auf die Finger, wenn ich an meiner Herzenswunde knibble, und lasse es sein, schaue mir keine Fotoalben an und trage nicht seine Sweatshirts. Was kann ich meinem heil werdenen Herzen zumuten, vielleicht ein leichtes Training? Ich versuche, das wohltuende Alleinsein zu üben, und beginne an einem Vormittag, nachdem ich die Jungs im Kindergarten abgegeben habe. Ich krame alte Klaviernoten hervor und ärgere mich, dass ich mich wie eine Anfängerin abrackere. An einem anderen Tag gehe ich spazieren und versuche es zu genießen. Dann wage ich mich alleine in ein Café und bestelle einen Cappuccino. Ich gehe alleine ins Schwimmbad und versuche, mir nicht vorzustellen, wie viel Freude meine Kinder im Spaßbecken hätten. Ich kaufe mir eine Leckerei und esse sie ganz alleine auf. Ich versuche, mit mir selbst Spaß zu haben, und es gelingt mir, mal besser und mal schlechter. So ist das eben, wenn man trainiert.

Nach einigen Wochen gehe ich in die nächste Phase über und plane eine Ausdauersequenz. Für drei Tage fahre ich alleine an die Ostsee. Dorthin, wo Paare und Familien hinfahren oder Vereine und Gemeinschaften. Ich bin mutig und fahre alleine. Es zwickt heftig, wenn ich an einem Tisch meine Mahlzeit bestelle, der für zwei Personen eingedeckt wurde.

Ich gehe alleine am Strand spazieren, nicht bei Sonnenuntergang, wenn die Pärchen ins Abendrot gucken, sondern bei Sonnenaufgang. Da begegne ich Straßenkehrern, Landschaftsgärtnern und Lieferanten, die alles hübsch herrichten und Auslagen auffüllen, damit die Urlauber nichts vermissen. Auf meinem Weg zum Strand überholt mich eine Läuferin in neonbuntem Sportdress. Sie scheint über den weichen Sand zu schweben, während ich mühsam vorwärtsstapfe, als hätte ich eine Wüste zu überwinden.

Die vergangenen Monate glichen einer Wüstenwanderung. Ich lief auf Wegen, die ich nicht sah, und es gab kein Haus, Baum oder Fels, an dem ich mich orientieren konnte. Es gab keine Ablenkung, um mich zu zerstreuen. Ich war alleine mit meinem Schmerz und meinem Vermissen und doch sah ich Spuren im Sand und folgte ihnen. Ich fand Oasen und ruhte aus, konnte Sternbilder deuten und begriff, dass es mehr gibt, als ich sehe und verstehe. Vielleicht habe ich die Einsamkeit mit der Fremde verwechselt. Dieses schreckliche Gefühl, verloren zu sein, weil man das Land, die Sprache und Gebräuche nicht kennt. Erst wenn man das Fremde begrüßt, wird es Heimat in uns finden – selbst eine Wüste.

Für das Volk Israel war die Wüste ein Ort der Zuflucht und der Reifung. Sie hofften auf das Heilige Land. Ich suche auch das gelobte Land, in dem ich sein kann, gestalten und lernen darf. Noch bin ich auf meinem Exodus durch das Wüstenland der

Trauer und weiß, dass die Wüste nicht unendlich ist. Ihre Vegetation geht in eine Steppenlandschaft über und die wiederum in den Laubwald. Die Trauer wird in die Normalität übergehen und die wiederum in eine neue Zukunft – eine andere Zukunft. Es wird der Tag kommen, da werde ich wieder Normalität betreten und meiner neuen Zukunft entgegenlaufen. Es wird anders sein, anders als erträumt, aber auch schön.

Werde ich in meinem bayerischen Bullerbü bleiben? Wie werde ich meine kleine Familie versorgen? Kann ich mir eine neue Sehnsucht leisten? Wird es einen Mann geben, der sich in uns drei verliebt und der es aushalten kann, dass Thomas meine erste große Liebe war?

Die Antworten werden sich finden, wenn ich weitergehe durch Wüstensand und über Gestrüpp bis zu den Wiesen und ihren Feldblumen: Tausendschönchen, Vergissmeinnicht und Lilien. Die Lilien und mein hebräischer Vorname verbinden mich mit der Bibel – dieses seltsame, geheime, manchmal unverständliche Buch.

Die Lilien begleiten mich. Aus ihnen bestanden mein Brautstrauß und Thomas' Grabschmuck. Aus ihren langen weißen Kelchen sprechen sie mir Hoffnung zu, dass es Gott gut mit mir meint.

Wüstenwind

Wird die Trauer jemals ganz verschwinden? Wahrscheinlich nicht. Vielleicht verhält es sich wie mit dem afrikanischen Wüstenwind, den ich selbst hier in den Voralpen spüre.

Schirokko nennt man diesen Luftstrom. Man spürt und sieht ihn zu bestimmten Zeiten. Er legt sich als feiner Staub auf alles und hinterlässt einen Sandschleier, der in die Falten der Kleidung kraucht und zwischen unseren Zähnen knirscht. Meine Trauer wird wie ein Schirokko sein, zu bestimmten Zeiten weht sie durch mein Leben. An Jahrestagen und Geburtstagen, an Kindergartenfesten und Familienfeiern streicht sie über meine Haut, reibt an meiner Seele und erinnert mich an meine Wüstenwanderung. Wenn ich die Augen schließe und still werde, höre ich sie hauchen: „Ich bin die Trauer und meine es gut mit dir."

Epilog

Ich kann es nicht lassen und rechne mich durch die Zeit. Mit Verhältnisgleichungen ermittle ich, wie lange meine Söhne schon ohne Thomas leben. Eins zu sieben, lautet die Gleichung für Eduard. Er hat siebenmal mehr Jahre ohne seinen Papa verbracht als mit ihm. Die Erinnerungen, die er hat, stammen aus Erzählungen von mir und den Großeltern oder Fotos und Videos: Der Zweijährige rennt einen Berg herunter und Thomas fängt ihn auf. Gemeinsam streicheln sie einen Esel. Eduard hat indirekte Erinnerungen, jedoch eine direkte Ahnung, dass er von seinem Papa geliebt wurde.

Für Ferdinand sieht die Gleichung anders aus: eins zu vier. Bisher hat er ein Viertel seines Lebens mit Thomas verlebt. Inzwischen ist er ein Teenager, der Musik liebt und die wertvolle E-Gitarre seines Papas spielt. Für zehn Jahre war ich Thomas' Ehefrau und für sechzehn Monate seine Witwe. Inzwischen bin ich mehr als zehn Jahre mit Alexander verheiratet. Tatsächlich, ich habe mir eine neue Sehnsucht geleistet mit all den Kompliziertheiten, Kennenlernen und Verlieben, Loslassen und Trauern. Mir wurde eine zweite große Liebe geschenkt.

Die Zeit ist ein Paradoxon. Vieles, was ich erlebt habe, erscheint mir nah und fern zugleich. Durchlebten wir unsere Krankheitsgeschichte in nur einem Jahr? Es fühlt sich wie ein Jahrhundert an. Bin ich wirklich mit Alexander länger verheiratet als mit Thomas? Es scheint nur eine Dekade aus Augenblicken und nicht aus Jahren zu sein.

Die Erinnerungen verwehen mit der Zeit, und ab und zu blitzt ein besonderes Erlebnis wieder auf. Es leuchtet in unserem Alltag und dann sagen wir: „Weißt du noch, als ..."

An besonderen Tagen suche ich mit meinen Söhnen die Erinnerungen, wie an Geburtstagen oder an Thomas' Sterbedatum. Ich habe für diesen einen Tag eine neue Bezeichnung gesucht, statt Todestag sage ich Himmelsgeburtstag. Ich habe mir angewöhnt, einen Kuchen zu backen, aber weil ich ungern backe, nehme ich die Fertigmischung *Leichte Wolke*. Ein passender Name für einen Himmelsgeburtstagskuchen. Mit Puderzucker kreiere ich Wolken auf den Teig. Früher haben wir den Kuchen über mehrere Tage gegessen, bis er hart wie Keks war. Heute ist er in wenigen Minuten verzehrt, weil die heranwachsenden Jungs Hunger haben.

„Stopf nicht so", sage ich.

„Is lecker."

„Der ist für Papa Thomas' Himmelsgeburtstag."

„Ich weiß, er hat immer gern Süßes gegessen, vor allem Windbeutel."

Stimmt, Windbeutel mit Sahne und Kirschen, daran habe ich schon lange nicht mehr gedacht. Wie gut, dass sich mein Sohn daran erinnert, und wie gut, wenn wir ab und zu die Erinnerungen suchen.

Selbst Alexander will mehr von meiner Vergangenheit erfahren. Ich sorge mich, dass es ihn verletzt, wenn ich von meiner ersten Ehe schwärme.

„Nein, es ist schön, mit einer Frau verheiratet zu sein, die weiß, wie sich eine glückliche Ehe anfühlt."

Und dann erzähle ich von Glücksmomenten und Schrulligkeiten. Thomas war kein Heimwerkerkönig und dafür gibt es genug Beweise in unserer Wohnung. Mit der Zeit hat Alexander falsch montierte Regale, Lampen und Steckdosen ausgetauscht.

Manchmal wirbelt der Wüstenwind die Vergangenheit auf. Ich schütze meine Augen, kann nichts sehen, halte inne. Die schmerzhaften Erlebnisse und die offenen Fragen sind ein Sandsturm in meiner Seele, aber er bestimmt nicht meine Richtung. Er treibt mich nicht an. Ich warte ab, bis sich die Unruhe gelegt hat, und gehe meinen Lebensweg weiter. Ich bewege mich in meine Zukunft, anders als gedacht, aber auch sehr schön.

Danksagung

Ich bin dankbar für meinen zweiten Ehemann Alexander. Du rollst die Großzügigkeit wie einen Teppich für mich aus. Darauf kann ich leben und lachen, lümmeln und lesen, kreativ sein und schreiben.

Ich danke meinen Eltern für ihre unverwüstliche Zuversicht. Ihr habt euch um meine Söhne gekümmert und selbst dem Trauerjahr Glücksmomente verliehen.

Ich danke den Mutmachern und Mitbetern, Essensbringerinnen und Kinderbespaßerinnen, Malern und Reparierern, den Anpackerinnen, Freudenbringerinnen und Gebern. Eure Unterstützung war ein Geschenk des Himmels.

Ein Dank geht an alle, die mit kranken Menschen arbeiten. Es sind eure warmen Hände, mitfühlenden Blicke und eure wohltuende Umsicht, die Betroffenen und Angehörigen Hoffnung geben.

Ich danke meiner Lektorin Petra Hahn-Lütjen für Gespräche und Anregungen, damit ein schweres Thema von Leichtigkeit getragen wird.

Stefan Loß

Auf Herz und Nieren

Als das Leben mit mir
Achterbahn fuhr

176 Seiten, gebunden
ISBN 978-3-7655-0744-1

„Herr Loß, Sie haben Zystennieren." Mit dieser Diagnose beginnt für Stefan Loß die herausforderndste Zeit seines Lebens. Eine Achterbahnfahrt, die ihn extrem herausfordert.

In seinem Berufsleben hat er oft Menschen portraitiert, die selbst Grenzsituationen erlebt haben. Ihn hat die Frage interessiert, ob der Glaube an Gott in schweren Zeiten tatsächlich trägt und Hoffnung gibt. Er liebt es, solche Geschichten für TV und Radio nachzuzeichnen. Jetzt ist es seine eigene Geschichte, die ihn in Grenzsituationen bringt. Und das in der aktivsten Zeit seines Lebens. Nur acht Jahre nach der Diagnose versagen seine Nieren. Er wird Dialysepatient.

Am 28. Februar 2017 spendet ihm seine Frau eine ihrer Nieren im Rahmen einer AB0-inkompatiblen Lebendspende. Bis dahin ist es ein weiter Weg, der von Zweifeln und Ängsten geprägt ist, aber auch von der Hoffnung und dem Glauben an einen guten Gott, der ihn nicht alleinelässt. Stefan Loß nimmt die Leser mit auf die Achterbahnfahrt seines eigenen Lebens.

Lesenswert, weil ehrlich und authentisch.